Tradução
Cláudia Mello Belhassof

1ª edição
Rio de Janeiro-RJ / São Paulo-SP, 2022

VERUS
EDITORA

Copidesque
Mel Ribeiro

Revisão
Tássia Carvalho

Título original
Hearts in Darkness

ISBN: 978-65-5924-105-7

Copyright © Laura Kaye, 2013
Direitos de tradução acordados com Taryn Fagerness Agency
e Sandra Bruna Agencia Literária, SL.
Todos os direitos reservados.

Tradução © Verus Editora, 2022
Direitos reservados em língua portuguesa, no Brasil, por Verus Editora. Nenhuma
parte desta obra pode ser reproduzida ou transmitida por qualquer forma e/
ou quaisquer meios (eletrônico ou mecânico, incluindo fotocópia e gravação) ou
arquivada em qualquer sistema ou banco de dados sem permissão escrita da editora.

Verus Editora Ltda.
Rua Argentina, 171, São Cristóvão, Rio de Janeiro/RJ, 20921-380
www.veruseditora.com.br

CIP-BRASIL. CATALOGAÇÃO NA FONTE
SINDICATO NACIONAL DOS EDITORES DE LIVROS, RJ

K32a

Kaye, Laura
    Amor na escuridão / Laura Kaye ; tradução Cláudia Mello Belhassof. -
1. ed. - Rio de Janeiro : Verus, 2022.

    Tradução de: Hearts in Darkness
    ISBN 978-65-5924-105-7

    1. Ficção americana. I. Belhassof, Cláudia Mello. II. Título.

22-78732

CDD: 813
CDU: 82-3(73)

Meri Gleice Rodrigues de Souza - Bibliotecária - CRB-7/6439

Revisado conforme o novo acordo ortográfico.

Seja um leitor preferencial Record.
Cadastre-se no site www.record.com.br e receba
informações sobre nossos lançamentos e nossas promoções.

Atendimento e venda direta ao leitor:
sac@record.com.br

Para Lea, minha irmã de alma
E para todos os leitores que adoraram Caden e Makenna

O amor não vê com os olhos, vê com a mente;
por isso é alado e cego e tão potente.

~ William Shakespeare

1

— Espera! Você pode segurar a porta?

Makenna James deixou escapar toda sua frustração pelo dia ruim enquanto corria até o elevador que a esperava. Seu celular tocou no bolso do paletó do terninho. Ela ajeitou as bolsas no ombro direito para pegá-lo. O toque alto era tão irritante quanto um despertador pela manhã, e parecia mais irritante ainda porque o maldito não tinha parado de tocar durante toda a tarde.

Ela olhou para cima por tempo suficiente apenas para vislumbrar uma grande mão tatuada segurando a porta do elevador enquanto finalmente liberava o pequeno celular preto. Ela o girou na mão para atender e se atrapalhou, fazendo-o cair e deslizar pelo chão de mármore opaco.

— Merda! — murmurou, já sonhando com a garrafa de vinho que ela ia aniquilar quando chegasse em casa. Pelo menos o celular deslizou em direção ao elevador, que ainda estava esperando. Deus abençoe a paciência do Bom Samaritano que o segurava.

Makenna se curvou para pegar o celular e entrou tropeçando no elevador. Seus cabelos compridos cobriram o rosto, mas ela não tinha uma mão livre para colocá-lo no lugar.

— Obrigada — murmurou para o Bom Samaritano, quando a alça do notebook escorregou do seu ombro, levando a bolsa junto para o chão. O elevador apitou sua impaciência enquanto o homem tirava a mão e as portas se fechavam.

— Sem problema — veio uma voz profunda atrás dela. — Qual andar?

— Ah, hum, térreo, por favor.

Distraída pela bolsa e pelo dia em geral, Makenna ajeitou a alça do notebook no ombro, depois se abaixou para pegar a bolsa. Ela a colocou no ombro mais uma vez e olhou para o celular para ver de quem era a chamada perdida. A tela estava preta.

— O quê...? — Ela virou o telefone e encontrou um buraco retangular aberto onde a bateria deveria estar. — Ah, que ótimo.

De jeito nenhum Makenna poderia ficar sem o celular. Não com o chefe ligando a cada cinco minutos para verificar o progresso do seu trabalho. No fim de um projeto, não fazia diferença para ele ser sexta-feira à noite e o início do fim de semana. Ela não via a hora de esse contrato acabar.

Com um suspiro, ela estendeu a mão cansada para o painel e apertou o botão para voltar ao sexto andar. Pelo canto do olho, percebeu como o seu Bom Samaritano era alto.

Do nada, o elevador parou bruscamente e tudo ficou um breu.

Caden Grayson tentou não rir da ruiva esgotada cambaleando em direção ao elevador. Por que as mulheres carregavam tantas coisas, afinal? Se não cabia nos bolsos da sua calça jeans surrada, ele não carregava.

Quando ela se abaixou para pegar o celular — outra coisa que Caden se recusava a carregar, a menos que estivesse de plantão —, ele se viu hipnotizado pela maneira como seu cabelo caiu por sobre o ombro, numa longa cascata de vermelho macio e ondulado.

E, quando ela finalmente entrou no elevador, murmurou distraidamente que também estava indo para o térreo. Ele recuou em direção à parede traseira e inclinou a cabeça, como sempre fazia. Ele realmente não se importava se as pessoas encaravam seus piercings e tatuagens, mas isso não significava que ele gostava de ver as expressões de desaprovação ou, pior, de medo.

Caden balançou a cabeça, se divertindo enquanto a mulher continuava a fazer malabarismos com seus pertences e cuspia uma série de palavrões sussurrados. O dia dele tinha sido uma merda, por isso ele estava quase pronto para se juntar a ela — embora seu próprio mecanismo de defesa geralmente o fizesse procurar o humor da situação. E ele achou a Ruiva absurdamente engraçada. Ficou grato pela distração.

A Ruiva estendeu a mão na frente dele para apertar um botão. Caden quase riu quando ela bateu nele pelo menos cinco vezes. Mas o riso morreu em sua garganta quando sentiu o cheiro do xampu dela. Uma das coisas que ele amava nas mulheres: os cabelos *sempre* tinham cheiro de flores. E aquele perfume, combinado com a vermelhidão, a maciez e a ondulação... Caden enfiou as mãos nos bolsos da calça jeans para impedir que seus dedos passassem pela massa densa dos cabelos dela. Mas, meu Deus, como ele queria fazer isso, só uma vez.

E aí a Ruiva desapareceu, com todo o resto, quando o elevador parou e as luzes se apagaram.

Caden ofegou e tropeçou de volta para o canto do elevador. Estreitando os olhos, ele baixou a cabeça entre as mãos e fez uma contagem regressiva a partir de dez, tentando se lembrar das técnicas de respiração, tentando não surtar.

O pequeno espaço do elevador era uma coisa — anos de terapia tinham conseguido fazê-lo superar isso. No geral. Mas um espaço pequeno escuro? De jeito nenhum. As pancadas do coração e o aperto no peito diziam que isso era um empecilho do caralho.

Ele estava no cinco quando percebeu que a Ruiva estava fazendo um barulho. Conseguiu afastar o medo o suficiente para ouvir que ela estava rindo. Histericamente.

Caden abriu os olhos, apesar de ser inútil. Mas, pela risada da Ruiva, dava para perceber que ela ainda estava perto do painel

12 Laura Kaye

de botões. E, incrivelmente, quanto mais ele se concentrava nela, mais rápido seu pânico recuava — ou, pelo menos, não piorava.

Caramba, como ele desejava poder vê-la. Ele quase podia imaginar seus ombros sacudindo e seus olhos marejados, ela segurando a barriga pela força da risada que agora roubava sua respiração. Quando ela grunhiu, Caden sorriu, enquanto os ruídos nada graciosos dela a faziam rir mais uma vez.

Mas ele não se importou, porque se viu de pé outra vez, respirando mais normalmente. Ele havia controlado o pânico. Graças a ela.

Makenna teria gritado se pudesse, mas estava rindo tanto que mal conseguia respirar. *Perfeito! Isso é simplesmente perfeito!*

Ninguém acreditaria na grande pilha fumegante de bosta que tinha sido o seu dia. Começou quando ela quebrou o salto da sua sandália preferida subindo a escada para sair do metrô. Ela teve que virar e fazer a viagem de vinte minutos de volta ao apartamento para trocar de sapato, conseguindo ao mesmo tempo se atrasar para o trabalho e formar bolhas nos dois dedos mindinhos por escolher o único outro sapato — um par de saltos altos novos — que combinava com seu terninho. Depois disso, foi tudo ladeira abaixo. E agora isso. Era como... uma sitcom idiota. Com riso programado e tudo. Ela grunhiu ao pensar nisso. O ridículo do som e da situação e todo o seu maldito dia a fizeram rir de novo até seu lado direito ter um espasmo e suas bochechas arderem pela extensão da risada.

Finalmente, ela soltou as bolsas em algum lugar no chão ao lado e estendeu a mão até encontrar uma parede de metal frio. Então se apoiou enquanto tentava se acalmar, usando a mão livre para secar as lágrimas e abanar o calor que subia pelo rosto ao lembrar que o Bom Sam estava lá com ela.

Ai, meu Deus. Ele deve achar que eu sou totalmente louca.

— Desculpa, desculpa — soltou finalmente, quando as gargalhadas se transformaram em risinhos ocasionais. Agora ela estava rindo de si mesma.

Bom Sam não respondeu.

— Oi? Você ainda está aqui comigo?

— Estou aqui, sim. Você está bem? — A voz dele ressoou no espaço confinado e a cercou.

— Hum, estou. Não tenho a menor ideia. — Ela tirou o cabelo do rosto e balançou a cabeça.

O som baixo da risadinha dele fez com que ela se sentisse um pouco menos ridícula.

— Está tão mal assim?

— Pior — disse Makenna, e suspirou. — Quanto tempo você acha que vamos ficar aqui?

— Vai saber. Espero que não muito. — Sua voz tinha uma tensão que Makenna não entendia.

— É. Essas coisas não costumam ter luzes de emergência? — Ela passou os dedos no painel de botões e apertou alguns aleatoriamente procurando pelo botão de alarme, mas nenhum deles funcionava. E ela sabia, por trabalhar neste prédio nos últimos dois anos, que não havia um receptor ligado ao cabo do telefone de emergência. Os riscos de trabalhar num prédio de escritórios dos anos 60, aparentemente.

— Os mais novos têm.

Makenna finalmente desistiu dos botões. Ela virou para a porta e bateu os dedos no metal três vezes.

— Ei! Tem alguém aí? Alguém me ouve? Estamos presos no elevador. — Ela encostou a orelha na superfície fria das portas, mas depois de vários minutos ficou claro que ninguém tinha ouvido. Makenna apostava que o elevador estava parado em algum lugar entre o terceiro e o quarto andar, que abrigavam escritórios satélites da Agência de Seguridade Social. A agência fechava às cinco e virava uma cidade fantasma quinze minutos depois. Isso explicava a falta de resposta.

Suspirando, ela levantou a mão, mas não conseguiu vê-la nem quando sua palma se aproximou o suficiente para encostar no nariz.

— Porra, esta é a definição de breu. Eu não consigo ver nem a minha mão na frente do rosto.

Bom Sam suspirou. Makenna baixou a mão.

— O quê?

— Nada. — A voz dele estava cortada, tensa.

Oookay.

Ele soltou a respiração e se moveu. Makenna gritou, surpresa, quando uma coisa dura bateu no seu tornozelo.

— Droga, desculpa. Você está bem?

Makenna se abaixou e esfregou o ponto onde, aparentemente, o sapato dele a tinha chutado.

— Sim. Você sentou?

— Ahã. Achei que era melhor ficar confortável. Eu realmente não queria te chutar. Não percebi...

— O quê? Você não me viu em pé aqui? — Ela riu, tentando aliviar a situação e quebrar um pouco o gelo, mas a falta de resposta dele ecoou no pequeno espaço.

Makenna suspirou e usou a mão para guiar o caminho de volta ao "seu lado" do elevador. Ela tropeçou quando seu pé esquerdo ficou preso na alça de uma das suas bolsas. O sapato escorregou do pé. Ela chutou o outro, derrotada. Ele caiu... em algum lugar da escuridão.

— Acho que é melhor eu também ficar confortável, então — disse ela, tanto para ocupar o silêncio sombrio quanto para puxar conversa. Ela encontrou o canto do fundo do elevador e se sentou, depois esticou as pernas com cuidado e cruzou os tornozelos. Então alisou a saia sobre as coxas e revirou os olhos pelo que tinha feito. Como se ele pudesse ver alguma coisa neste momento.

A escuridão era tão desorientadora. Não havia nem uma pontinha de luz ambiente filtrada em nenhum lugar. Seu impulso foi de usar o LED do celular para lançar uma luz azulada na desagradável situação, mas a bateria atualmente estava em algum lugar no hall do elevador do seu andar. E, como o dia estava sendo uma beleza, ela também tinha acabado com a bateria do notebook mais cedo, então ele também não era útil.

Ela queria saber qual era a aparência do Bom Sam. Sua loção pós-barba tinha um aroma fresco. Ela engoliu uma risada quando o pensamento de passar o nariz na garganta dele disparou na sua mente.

Makenna não tinha noção de há quanto tempo estava ali. Ela girou os polegares, contando até cem voltas, enquanto balançava os tornozelos para a frente e para trás.

Por que ele não está dizendo nada? Talvez seja tímido. Ou talvez você tenha chocado e abalado o cara com a sua entrada graciosa, seu elegante colapso nervoso e seu grunhido sexy. É, deve ser isso.

Caden desejou que a Ruiva risse outra vez, ou pelo menos falasse alguma coisa. O fato de ela lembrar o quanto estava escuro naquele cubículo trouxe sua ansiedade à tona de novo. Quando o aperto se instalou mais uma vez em seu peito, ele se sentou para não passar vergonha desmaiando ou qualquer merda assim, e a chutou quando esticou as pernas. Ela não pronunciou mais que duas frases desde então.

Boa jogada, cara.

Ele a ouviu mexendo nas coisas, suspirando e se movimentando. Começou a se concentrar no som das pernas dela sacudindo no tapete de pelo curto do chão do elevador, e a distração o ajudou a diminuir o ritmo da respiração. A respiração profunda que ele finalmente puxou para dentro dos pulmões o aliviou e surpreendeu.

Caden era meio solitário. Tinha alguns amigos próximos — pessoas que o conheciam durante a maior parte de sua vida e sabiam o que havia acontecido quando ele tinha catorze anos —, mas, mesmo assim, ele não passava muito tempo conversando com pessoas que não conhecia. Parte disso era culpa dele. As tatuagens e piercings e a cabeça raspada davam a ele um ar antissocial, apesar de ser mais imagem do que realidade. Portanto era estranho ele extrair a calma de outra pessoa do jeito que estava fazendo com a Ruiva. Pelo amor de Deus, ele nem sabia como era a aparência dela, nem qual era o seu nome.

Havia um jeito de consertar isso.

— Ei, Ruiva? — Sua voz pareceu alta no pequeno espaço depois dos longos momentos de silêncio. — Como você chama? — perguntou com a voz mais baixa.

Ela pigarreou.

— Todo mundo me chama de M.J. E você?

— Caden. M.J. é o seu nome ou só o modo como todo mundo te chama?

Ela riu.

— Bem, *Caden* — a ênfase no seu nome provocou um sorriso inesperado no rosto dele —, meu nome é Makenna, mas M.J. parece ter pegado.

— De onde vem o J?

— Meu sobrenome é James.

— Makenna James — ele sussurrou. Caden gostou do nome. Cabiam bem naqueles cabelos ruivos densos e cheirosos. — Devia usar Makenna. Combina com você. — Caden fez uma careta enquanto esperava a reação dela à sua opinião não solicitada. A boca dele tinha trabalhado mais rápido que o cérebro.

— Humm — respondeu ela de um jeito evasivo. Ele achou que a ofendera, até ela continuar: — Bem, uma vantagem de usar M.J. é fazer que eu não me destaque na minha empresa.

— O que você quer dizer?

— Sou a única mulher.

— O que você faz?

— Estamos brincando de Vinte Perguntas, agora?

Ele sorriu. Ele gostava de mulheres que sabiam retrucar. Por um instante, a escuridão pareceu quase libertadora — ela não poderia julgar a aparência dele. E ele estava gostando da franqueza dela.

— Por que não?

Ela riu baixinho.

— Bem, nesse caso, eu respondi muito mais que você. Qual é o seu sobrenome?

— Grayson. Caden Grayson.

— E o que *você* faz, sr. Grayson?

Ele engoliu em seco ao ouvi-la dizer o seu nome desse jeito. Isso... provocou coisas nele.

— Hum — ele pigarreou —, sou paramédico. — Caden sabia o que queria ser desde que era adolescente. Não era fácil ver outras pessoas, outras famílias, em situações como a que mudou a sua vida, mas ele se sentiu chamado a fazer isso.

— Uau. Isso é incrível. Impressionante.

— É. Paga as contas — disse Caden, envergonhado com o elogio. Ele não estava acostumado a recebê-los. Enquanto pensava, passou a mão para a frente e para trás nos cabelos raspados no topo da cabeça. Seus dedos acompanharam a cicatriz mais proeminente. — E você? — Quando ela riu, ele se perguntou o que a divertia.

— Sou contadora e, antes que você morra de tédio, eu faço contabilidade forense, então não é tão ruim quanto parece.

Ele se viu rindo, embora não soubesse muito bem por quê. Alguma coisa nela simplesmente o fazia se sentir bem.

— Bom, isso é muito... interessante.

— Cala a boca. — Ela riu de novo.

Ele deu um sorriso largo.

— Boa resposta.

Ela bufou, e sua voz pareceu divertida.

— Se eu pudesse te ver, te daria um soco.

A repentina referência à escuridão tirou o sorriso do rosto dele. Caden respirou fundo pela garganta fechada.

— Ei, pra onde você foi?

— Lugar nenhum. — Ele não conseguiu evitar a secura no tom, embora sua frustração fosse mais consigo mesmo do que com ela. Ele não gostava de perder o controle, certamente não na frente de outras pessoas.

— Me desculpe. Hum... eu não ia bater em você de verdade, sabe.

E, num piscar de olhos, ela o fez recuperar o foco.

— Ah, bom, eu me sinto melhor agora — ele disse, a diversão voltando para sua voz. E era verdade. Ele girou a cabeça sobre os ombros e liberou um pouco da tensão no pescoço. Ela ficou calada por um tempo, fazendo Caden se perguntar se a garota realmente achava que ele tinha ficado chateado com o comentário dela. Ele não gostou da ideia de ela poder estar se sentindo mal.

— Hum, eu sou um pouco claustrofóbico, só isso. Então, se você pudesse, talvez, parar de mencionar que está escuro aqui, apesar de... merda.

— O quê?

— Bem, obviamente está escuro, mas consigo não pensar no quanto está apertado e... fechado aqui quando você está falando. Só fale sobre outra coisa. — Ele esfregou a mão com força na cabeça raspada, sabendo que parecia um completo idiota, razão pela qual ele geralmente não conhecia alguém de fora do seu pequeno círculo.

Mas a resposta dela pareceu totalmente sincera.

— Ah, tudo bem. Então, sobre o que devo falar?

2

— Que inferno, eu não sei. Que tal aquele jogo de Vinte Perguntas?

Makenna riu da irritação dele, mas não podia culpá-lo. Ela ficaria louca se fosse claustrofóbica, e pensou que ele tinha que ser forte para ficar sentado ali com tanta calma. Ela se perguntou se era por isso que ele estava tão quieto antes e decidiu ajudá-lo a passar pelo confinamento, que ela esperava ser temporário.

— Tudo bem. Você primeiro.

— Tá. — Ele ficou calado por um instante, depois disse: — O que é um contador forense?

— Um contador que analisa as práticas contábeis e comerciais como parte de uma investigação, como um litígio.

— Ah, bom, isso parece bem interessante. Como um trabalho de detetive.

Ela gostou do esforço dele, mas estava tão acostumada às pessoas desenvolverem narcolepsia à mera menção de ser uma contadora que não tinha certeza se ele estava falando sério.

— Você está me zoando?

— De jeito nenhum — respondeu Caden. A velocidade das palavras confirmou a sinceridade.

— Tudo bem, então. Minha vez?

— Manda bala.

Makenna sorriu.

— Eu vi uma tatuagem na sua mão?

Ele não respondeu de imediato.

— Ahã. É a cabeça de um dragão.

Makenna não tinha tatuagem — por medo de sentir dor se fizesse uma —, mas não deixava de ser fascinada por elas.

— É só a cabeça?

— Ei, agora é a minha vez.

— Não é uma pergunta nova — ela argumentou —, era só um esclarecimento sobre a pergunta anterior.

— Achei que você fosse contadora, não advogada. — Ele riu. — Tudo bem. O dragão todo está no meu braço, e a cabeça, na minha mão. Agora é minha vez, excelência?

Makenna não pôde deixar de sorrir com o sarcasmo. Crescer com três irmãos lhe ensinara a bela arte da provocação.

— Pode prosseguir.

Ele riu, e ela gostou do som.

— Que magnânima.

— Ah, usando as palavras do vestibular agora, é?

— O quê? Um cara tatuado não pode usar uma palavra de quatro sílabas?

Makenna respirou fundo, depois suspirou.

— Eu queria poder ver seu rosto pra saber se está falando sério ou não. — Em seguida, só para o caso de sua referência indireta à escuridão ter incomodado, ela se apressou em acrescentar: — *Não foi isso* que eu quis dizer. Eu só estava pegando no seu pé. Já é sua vez.

A risada baixa fez com que ela sorrisse de alívio.

— Certo. Tudo bem. O que fez uma garota como você se tornar contadora?

Uma garota como eu?

— Uma garota como eu? — Makenna franziu a testa e esperou a explicação. Ela não conseguia imaginar o que ele queria dizer.

— Só... — Caden suspirou e murmurou alguma coisa que ela não conseguiu entender. — Você é bonita.

Makenna passou de lisonjeada a perturbada e tudo de novo. No final, não conseguiu decidir qual emoção aceitar. Crescer numa casa cheia de garotos a transformara num moleque desde que ela conseguia se lembrar. Embora as colegas de quarto da faculdade a tivessem apresentado a coisas femininas, como vestidos e saias e lingerie e maquiagem, ela ainda se via como apenas um dos caras. Nada notável. Certamente não era o tipo de garota pelas quais seus irmãos babavam.

— Ah, merda, isso também não saiu como eu queria. Quero dizer, você *é* bonita, mas é claro que garotas bonitas podem ser inteligentes. Quero dizer, merda, vou parar de falar.

Makenna finalmente escolheu sentir que estava se divertindo e explodiu numa gargalhada.

— É, agora seria um bom momento para parar. — Ficando mais séria, ela disse: — Bem, isso com certeza vai aumentar o meu lado nerd, mas sempre fui muito boa em matemática, e os números eram fáceis pra mim. Eu realmente não queria mergulhar no lado teórico e dar aulas. E aí meu irmão mais velho virou policial. E me falou da contabilidade forense.

Caden não respondeu, e Makenna teve quase certeza de que o fizera dormir. Então ele disse baixinho:

— Eu gosto mesmo do som da sua voz.

O rubor de Makenna desceu até o colarinho da blusa de seda. Falar que ela era bonita não a afetou, mas dizer que ele gostava da sua voz liberou as borboletas no seu estômago.

— Eu também. Quero dizer, eu também gosto. Da sua voz, quero dizer. — Makenna mordeu o lábio para interromper o espetacular fluxo de bobagens que saíam da sua boca e fingiu bater na própria testa. Naquele momento, ela ficou feliz pela escuridão.

Caden se sentiu sortudo por Makenna ser tão tranquila, porque, se ele falasse mais uma besteira, tinha certeza de que ela cumpriria a ameaça de dar um soco nele. Primeiro, ele tirou conclusões precipitadas assumindo que ela o julgara quando soube da tatuagem. Ele ficou muito decepcionado por ela poder desaprová-lo mesmo sem vê-lo. Depois, seu filtro verbal falhou, e ele disse que ela era bonita. Caden estava pensando nos seus cabelos vermelhos de novo, que sem dúvida eram bonitos, lindos, mas isso escapou sem ele pensar no modo de homem das cavernas como havia formulado a pergunta. E depois ele de fato admitiu que gostava da voz dela. Era verdade, mas não precisava dizer essa merda em voz alta.

Mas aí ela disse a mesma coisa. E a dinâmica virou a favor dele. Makenna havia tropeçado no próprio elogio. Ele pensou que talvez, só talvez, ela tivesse curtido o fato de ele dizer que gostava da voz dela.

Caden vasculhou a mente para pensar em outra pergunta, uma que tivesse menos risco de ele sofrer um dano corporal pela mão dela. Finalmente se decidiu por:

— Quantos irmãos você tem? — Ele provavelmente deveria ter pensado em outra coisa, mas as palavras já tinham saído.

A voz dela deu a impressão de que estava sorrindo.

— Três. Patrick é o mais velho. Foi ele que virou policial. Ian veio depois. E Collin é um ano mais novo que eu. Você tem irmão?

— Seu nome era Sean. Ele era dois anos mais novo que eu. — Caden esperou, suspeitando que Makenna ia captar o uso do verbo no passado.

Finalmente, a resposta veio.

— Sinto muito. Não consigo imaginar perder um dos meus irmãos. Deve ter sido muito difícil. Posso perguntar há quanto tempo ele... você o perdeu?

Alguma coisa na escuridão tornava seguro compartilhar um pouco dessa história. Ela não conseguia ver sua careta nem o tremor no maxilar trincado. Não podia pensar na forma como ele flexionou o ombro direito para poder sentir a pele sobre a omoplata se mover onde o nome de Sean estava tatuado. E ela não conseguia ver a cicatriz em forma de lua crescente no lado direito da sua cabeça, onde ele sempre tocava quando se enrolava nas lembranças do irmão.

— Me desculpa. Você não precisa falar nisso.

— Não se desculpe. Eu não falo sobre ele com frequência, mas talvez devesse. Ele morreu quando eu tinha catorze anos. Ele tinha doze. Isso foi há catorze anos. — Ao dizer as palavras, Caden mal conseguia acreditar que estivesse vivo há mais tempo sem Sean do que com ele. Ele fora o melhor amigo de Caden.

Makenna ansiava por se aproximar dele. Colocou as mãos sob as coxas para evitar procurar uma mão para segurar ou um ombro para apertar. Ela não conhecia esse homem, mas sofreu por ele. Dois anos atrás, quando Patrick fora baleado em serviço, ela viveu um tipo de terror que não queria voltar a sentir. E mal podia imaginar como esse sentimento teria sido amplificado se seu irmão não tivesse sobrevivido. Dava para sentir na voz de Caden.

Mas ela não conseguiu resistir a um pequeno gesto, então disse:

— Obrigada por compartilhar isso, Caden. Caramba, ele era muito novo. Eu realmente sinto muito.

— Obrigado — veio a resposta sussurrada. — Então — ele pigarreou —, quantos anos você tem?

Makenna achou que ele fosse gostar de ela aliviar as coisas, então disse com sua voz mais altiva:

— Ora, sr. Grayson, que tipo de pergunta é essa pra se fazer a uma dama?

— Você é fascinada por números, achei que fosse gostar de me dizer esse.

Ela sorriu quando o bom humor voltou à voz dele.

— Tá bom. — Ela exagerou um suspiro. — Tenho vinte e cinco.

— É um bebê.

— Cala a boca, velhote.

Ele soltou uma risada alta que a fez sorrir.

Um silêncio confortável os envolveu. Mas agora, sem a conversa para distraí-la, Makenna estava com calor. Podia ser quase outono, mas a temperatura durante o dia ainda parecia ser do meio do verão. A falta de ar-condicionado estava começando a fazer diferença dentro do elevador velho, e sua blusa de seda estava desconfortavelmente grudada na pele.

Makenna ficou de joelhos e tirou o paletó do terninho. Ela o dobrou do melhor jeito possível e o jogou com delicadeza na direção das bolsas.

— O que você está fazendo? — perguntou Caden.

— Tirando o paletó. Estou ficando com calor. Queria saber quanto tempo se passou. — Ela tirou a blusa de dentro da calça e sacudiu a bainha para soprar um pouco de ar na barriga.

— Não sei. Talvez uma hora, uma hora e meia?

— É — concordou Makenna, achando que eram umas oito da noite. Alguém os encontraria mais cedo ou mais tarde, certo? Suspirando, ela se acomodou no canto, mas virou um pouco o quadril. Apesar de ser acarpetado, o chão era duro. Ela estava com o sono atrasado. — Então, de quem é a vez? — perguntou.

Caden deu uma risadinha.

— Não faço ideia. Mas pode ser você.

— Que grandes planos tinha para hoje à noite?

— Nenhum grande plano, na verdade. Eu estava indo encontrar uns amigos pra jogar sinuca. Trabalho muito nos turnos da noite, então não consigo sair com eles tanto quanto eu gostaria.

Makenna achou que isso parecia legal. Tirando as amigas da faculdade, e só uma delas estava na região de Washington, D.C., ela não tinha muitas amigas com quem sair. Por algum motivo, ela sempre teve mais facilidade para fazer amigos do sexo masculino. Culpava o fato de estar cercada pelos irmãos e pelos amigos deles enquanto crescia.

— E você?

— Ah, eu tinha um encontro muito importante com o meu sofá e uma garrafa de vinho.

— Tenho certeza que eles vão remarcar.

— É. — Makenna deu uma risadinha, depois suspirou. — Eles estão quase sempre disponíveis. Certo... Mudando para um assunto menos deprimente...

— Você está saindo com alguém? — perguntou Caden, *sem* sair do tema deprimente.

— Obviamente não. E você?

— Não.

Makenna sentiu mais prazer na resposta dele do que achava que deveria. Talvez ela tenha ficado feliz por não ser a única pessoa solteira no mundo. Todos os seus amigos pareciam estar se casando ou ficando noivos. Era como uma fila de dominós caindo, só que ela não parecia estar na fila.

— Certo — disse Caden com um som de palmas que ecoou alto no pequeno espaço —, cor preferida.

— Sério?

— Chegamos ao básico, Ruiva.

Ela deu um sorriso largo para o apelido que muitos outros usaram, mas até então ela nunca tinha gostado.

— Azul. E a sua?

— Preto.

Ela sorriu.

— Típico de um menino.

Ele deu uma risadinha. E se lançou em pelo menos mais vinte perguntas sobre coisas que você só descobre sobre uma pessoa depois de alguns meses de namoro: banda preferida, filme preferido, comida preferida, lugar preferido, tudo-mais-que-ele-pudesse-imaginar-preferido, momento mais vergonhoso e melhor dia da vida, embora ele tenha pulado a pergunta sobre o pior dia da vida. Makenna ficou feliz — achou que não resistiria a tocar nele se ele falasse sobre o irmão outra vez.

Makenna curtiu a conversa. Em algum momento no meio do papo sobre preferidos, ela se esticou no chão e se apoiou no cotovelo. Apesar de estar presa num elevador escuro como breu havia algumas horas com um desconhecido, ela se sentia surpreendentemente relaxada. Um pensamento mesquinho surgiu no fundo da sua mente — ela meio que não estava ansiosa pela volta da energia, quando eles seguiriam cada um o seu caminho.

E, mais que isso, eles tinham uma quantidade surpreendente de coisas em comum. Ambos adoravam comida italiana e tailandesa. Ela até conseguia ignorar o amor dele por sushi, já que era tão fã do Kings of Leon, sua banda preferida de todos os tempos. Os dois gostavam de ir a jogos de beisebol, principalmente para se sentar ao sol e beber cerveja com amigos, e nenhum dos dois entendia o sentido do golfe. E compartilhavam um amor por filmes de comédia idiotas, apesar de não concordarem com a classificação deles.

Foi a conversa mais divertida que Makenna teve em muito tempo. Caden parecia genuinamente interessado nas suas respostas. E ele discutia e argumentava cada detalhe de um jeito que a fazia querer beijá-lo para calar a sua boca. Ela gostava da maneira como se sentia perto desse homem, apesar de nunca tê-lo visto.

Caden não se lembrava da última vez que teve uma conversa tão tranquila ou da última vez que riu ou sorriu tanto. Era... ótimo — e isso era incrível. Ele costumava viver em algum ponto entre "legal" e "muito bom" na maioria dos dias. E há muito tempo estava em paz com isso. Era mil vezes melhor do que o abismo em que passara a maior parte da adolescência.

— Preciso me levantar e me alongar — disse ele do nada.

— É, eu te entendo. Este chão deixa um pouco a desejar.

— Pelo menos é carpete, e não mármore ou piso cerâmico. Suas pernas estariam geladas, se fosse. — Caden esticou os braços sobre a cabeça e girou o tronco de um lado para o outro enquanto se lembrava do jeito como a saia curta do terninho cinza dela envolvia seu traseiro bem torneado. Sua coluna estalou quando ele virou para a esquerda.

— Frio seria agradável, agora.

Makenna estava certa. Eles tinham saído da sensação de ar-condicionado que a maioria dos prédios de escritórios tinha no verão e passado para confortável e para quente. Ainda não estava um forno, mas estava indo nessa direção.

Quando Caden se ajeitou de novo no chão e tentou encontrar uma posição que não piorasse o formigamento na bunda e nos quadris, Makenna voltou a fazer perguntas.

— Então, eu trabalho neste prédio, mas o que te colocou neste adorável elevador hoje?

— Vim cuidar do espólio do meu pai. O escritório do advogado dele fica no sétimo andar.

— Ah, eu sint...

— Não sinta. Meu pai era um homem muito infeliz há muito tempo. E não nos dávamos bem. Ele deve estar num lugar melhor agora. De qualquer forma, eu só precisava assinar uns documentos.

Ele mal ouviu o "Ah" baixinho de Makenna.

— Então — ele disse, querendo fugir de mais um tema deprimente —, primeira vez: quem, quando, onde, qualidade.

— O quê? — Makenna abafou uma risada incrédula. — Hum, acho que não.

— Por que não? Já falamos sobre quase tudo. Vou até começar.

Makenna ficou calada por um minuto e começou a se movimentar. Ela parecia mais próxima do que antes.

— O que você está fazendo?

— Não estou gostando da ideia de falar sobre isso até ter pelo menos dividido o pão com você. E estou morrendo de fome.

Ele estava tentando ignorar o estômago nas últimas... diabos, ele nem sabia há quanto tempo. Mas a menção de comida o fez salivar.

Makenna estava murmurando:

— Vamos lá, onde está? Não é nessa bolsa. — Ela quase o assustou com o triunfante: — Rá! Certo, sr. Grayson, o senhor prefere uma barra de granola ou um saquinho com frutas secas?

Ele sorriu, pois não esperava que ela compartilhasse com ele, e certamente não tinha intenção de pedir a ela.

— Não, não. Pode ficar.

— Vamos lá, você precisa comer alguma coisa. Eu tenho dois, então tem um para cada. Como este é meu prédio, é como se você fosse meu convidado. Então, você pode escolher: a barra de granola ou a mistura de frutas secas. — Caden podia ouvi-la sacudindo os saquinhos enquanto continuava a dizer com uma voz cantarolada: — Barra de granola ou mistura de frutas secas, barra de granola ou mistura de frutas secas.

Ele sorriu.

— Tudo bem, aceito a mistura de frutas secas.

— Combinado. Hum, aqui está.

O pacote prendeu no carpete quando Makenna o deslizou na direção dele. Ele estendeu a mão, procurando o pacote. Quando finalmente se encontraram em algum lugar no meio do caminho escuro, Caden passou a mão sobre a dela. Era pequena e macia. Ele se surpreendeu ao pensar que queria mais continuar segurando a mão dela do que comer. Ela não se afastou. Os dois riram de nervoso.

— Mas vamos ter que dividir a água. Só tenho uma garrafa.

— Quantas coisas você tem aí?

— Ei, não fala mal das minhas bolsas. Sem elas, não estaríamos compartilhando essa refeição gourmet agora.

— Concordo. Desculpa — ele disse enquanto jogava na boca o primeiro punhado de nozes e passas.

Eles comeram em silêncio e o sal da mistura de frutas secas o deixou com sede. Ele se sentiu constrangido por pedir, mas a ideia de beber água o torturava.

— Posso tomar um gole agora?

— Claro. Vou só confirmar se a tampa está bem apertada, para não derramar. — Eles executaram a coreografia das mãos no meio do elevador. Caden sorriu quando eles mais uma vez pararam com os dedos encostados antes de se afastarem.

Ele abriu a tampa e inclinou a garrafa nos lábios.

— Ai, meu Deus. Isso é bom.

— Eu sei. Não percebi o quanto estava com sede até tomar um gole.

— Obrigado por compartilhar suas coisas comigo.

— Claro. O que eu ia fazer? Sentar aqui e comer na sua frente? Por favor, você me conhece melhor do que isso. Se bem que talvez não.

Caden pensou que a conhecia... ou pelo menos estava começando a conhecer. Todas as histórias que ela havia compartilhado com ele revelavam alguma parte da sua personalidade — e tudo que ele tinha descoberto apontava para uma pessoa amigável e solícita e generosa.

— Não, você estava certa — disse ele finalmente. — Eu conheço.

A mistura de frutas secas acabou rápido demais, mas pelo menos matou a fome. Eles passaram a água de um lado para o outro até quase acabar, e Caden insistiu que Makenna tomasse o último gole.

Então ficaram sentados no elevador quente e escuro durante vários minutos até Caden finalmente olhar na direção dela e dizer:

— Não pense que sua tática com os petiscos me distraiu da pergunta da rodada.

— De jeito nenhum. Mas você disse que ia começar.

3

Makenna se deitou de costas e olhou para o teto invisível. Ela estava com um grande sorriso pateta no rosto porque Caden estava prestes a lhe contar sobre sua primeira vez, enquanto ela não tinha nenhuma intenção de compartilhar a dela.

— Tá. Vou começar, então. Afinal de contas, sou um homem de palavra. Minha primeira vez foi com Mandy Marsden...

— Mandy? — Makenna franziu o nariz e sorriu.

— Ei, estou contando uma história aqui. Faça poucos comentários editoriais.

— Ah, certo, desculpa. Por favor, continue. — O sorriso dela aumentou.

— Como eu estava dizendo... minha primeira vez foi com Mandy Marsden, no sofá da sala dos pais dela enquanto os dois dormiam no andar de cima. Eu tinha dezesseis anos e não tinha ideia de que diabos estava fazendo. Eu me lembro de ter sido legal, mas imagino que Mandy pode ter ficado... decepcionada.

Makenna achou tão cativante a risadinha na voz dele no final. Ela gostava de caras que conseguiam rir de si mesmos. *Ele deve ser bem confiante na cama agora, para compartilhar uma história como essa* — o pensamento a deixou com mais calor do que já estava.

— Parece muito romântico — ela conseguiu dizer.

— Quem sabe de romance quando se tem dezesseis anos?

— Bem, é verdade, acho. Você pelo menos pagou o jantar antes?

— Pizza conta?

Ela não conseguiu evitar a risada. Caden era adorável.

— Para alguém com dezesseis anos, claro. Vou te dar um desconto.

— Como você é boazinha. Sua vez, Ruiva.

Ela não respondeu.

— Ruiva?

— Próxima pergunta.

Ela o ouviu rolar de lado. A voz dele pareceu mais próxima.

— De jeito nenhum. Tínhamos um acordo.

— O repórter do tribunal pode ler a transcrição para confirmar que a senhorita James nunca concordou em contar essa história?

Ele debochou:

— Tá, eu sei que estamos aqui há um tempo, mas por favor me diz que você não está ficando louca.

— Nada disso, só esclarecendo os fatos.

— Qual é. Qual é o problema?

Ela quase ficou feliz por não poder vê-lo — se seus olhos fossem tão persuasivos quanto sua voz, ela estaria perdida.

— Simplesmente... não — disse ela rindo da súplica dele.

— Não pode ser pior que a minha.

— Não.

— Ruiva.

— Não.

— M.J.

— Ei, é Makenna pra você, senhor. E a resposta ainda é não.

— Apesar de suas iniciais não a incomodarem ao longo da vida, havia algo na forma como seu nome saía da língua dele que realmente lhe agradava. Ela não queria que ele a tratasse como faziam as outras pessoas, como um dos caras.

— Deve ser uma história e tanto. Perceba que você está aumentando as expectativas aqui.

Ela resmungou:

— Não, não, não, não.

— Me conta e eu te levo pra comer pizza. Você pode até escolher o recheio. — Eles estavam brincando, mas Caden se viu esperando que ela concordasse com a pizza, mesmo que isso não arrancasse a história dela. Ele queria sair desse maldito cubículo, mas não estava nem um pouco ansioso para se afastar de Makenna. Ou, mais provável, para ela se afastar dele.

Makenna não respondeu de imediato. Caden desejou poder ver a expressão no seu rosto, o conjunto dos seus olhos.

— Qual é a cor dos seus olhos? — ele sussurrou, mais uma vez perdendo o filtro entre o cérebro e a boca.

— Azuis — ela sussurrou de volta. — E sim.

— Sim o quê? — perguntou Caden, distraído pelo desejo de estender a mão e tocar no rosto dela. O sussurro fez a conversa parecer intensa, íntima. E, de repente, seu corpo rugiu para a vida. Desta vez, porém, a pulsação acelerada e o coração batendo forte eram resultado do tesão, e não do pânico.

— Sim, eu vou comer pizza com você. Se você concordar em ver um filme comigo.

Caden imaginou as palavras dela deslizando sobre seu corpo. Desejou que fossem suas mãos pequenas e macias. Mas ficou feliz por ela ter concordado em sair com ele, e por ter transformado a pizza num encontro completo.

— Legal. Pizza e um filme, então. — Ele passou a mão no cabelo enquanto a escuridão ocultava o sorriso que remodelava o seu rosto.

— Minha primeira vez foi com Shane Cafferty — começou Makenna, ainda sussurrando. — Eu tinha dezoito anos. Foi duas semanas depois do baile de formatura. Nós meio que namoramos o verão todo antes de irmos pra faculdades diferentes. Mas, naquela noite, pegamos um cobertor e colocamos na frente do montículo do lançador no campo de beisebol do colégio. Ai, meu Deus, isso é tão vergonhoso — ela resmungou.

— Não é, para com isso. — Ele ficou surpreso por ela finalmente ter cedido, mas a abertura dela o deixou esperançoso.

— Ele era do time de beisebol do ensino médio. Ele era bom — no beisebol, quero dizer, *meu Deus* — de qualquer maneira, levar um cobertor para lá à noite era uma coisa nossa. A primeira vez foi doce. Curta — ela riu —, mas doce. Mas melhorou.

— Essa é uma boa história. Muito melhor que a minha. Obrigado por compartilhar. Viu, não foi tão difícil.

Ela suspirou.

— Não, acho que não. — Ela parou por alguns instantes e depois disse: — Sabe, você tem uma vantagem injusta sobre mim. Você me viu quando entrei no elevador, mas eu estava distraída demais pra te ver.

— É. — Ele sorriu para ela na escuridão. — Eu me lembro. Mas também não vi seu rosto porque o cabelo estava na frente.

— Qual é a cor dos seus cabelos e dos seus olhos? — Ela se mexeu enquanto falava, e sua voz se aproximou um pouco.

Caden estava louco para estender a mão e medir quão próximo estava dela. Seus sentidos diziam que ela estava ao alcance. O pensamento fez seu braço ansiar por tocar nela.

— Ambos são castanhos, embora eu não tenha muito cabelo, na verdade.

— P... por quê?

A risada escapou dele. Isso interrompeu o silêncio entre os dois, mas não a intensidade.

— Mantenho a cabeça raspada.

— Por quê?

— Porque eu gosto. — Ele não estava pronto para revelar todas as suas estranhezas porque não queria assustá-la. Estava meio que pensando em tirar os piercings faciais antes que ela pudesse vê-los, mas concluiu que, de certa forma, isso seria desonesto.

— Tipo raspado ou tipo bumbum de bebê?

— Me dá sua mão — sugeriu Caden. — Você pode sentir.

Makenna engoliu sua excitação ao finalmente conseguir o que estava morrendo de vontade de fazer durante a maior parte da noite. Sem a visão, ela queria outra maneira de ter uma conexão mais tangível com Caden. E, entre a conversa sobre sexo — por mais que não fosse censurada para menores —, os planos para um encontro, o sussurro e a sensação de que o corpo dele estava perto do dela, o corpo de Makenna estava começando a vibrar com uma sensação de expectativa que fazia seu estômago tremer e sua respiração ficar um pouco mais rápida.

Ainda deitada de costas, Makenna estendeu as mãos com cuidado.

— Onde está você?

— Bem aqui. — Caden pegou a mão direita dela, e Makenna ofegou com o contato. A mão dele engoliu a dela enquanto a puxava em direção à própria cabeça.

A pulsação de Makenna acelerou enquanto ela passava a mão na cabeça de Caden. O cabelo dele era raspado tão curto que parecia macio e delicado enquanto ela passava os dedos nele. Muito tempo depois do necessário, Makenna continuava a acariciar o cabelo dele. Não queria parar de tocar nele. E, quando Caden deslizou o corpo e se aproximou um pouco para ela não precisar estender o braço tão longe, ela sorriu, pensando que ele também estava gostando.

— Me conta outra coisa — disse Makenna em voz baixa, sem sussurrar, mas falando baixo o suficiente para não afastar a magia que estava acontecendo entre eles.

— Tipo o quê?

— Tipo... por que um dragão?

— Humm. — Ele apoiou a cabeça na mão dela. Ela sorriu. Quando ele finalmente começou a falar, as palavras vieram num fluxo ininterrupto. — O dragão é o meu medo. Coloquei no meu braço para me lembrar que eu o dominei. Nós, hum, estávamos voltando de carro das férias na praia. Era uma pequena estrada rural de duas pistas, e era tarde da noite porque eu e Sean tínhamos convencido os nossos pais a nos deixarem passar o domingo todo na praia.

Makenna respirou fundo com a gravidade do que ele estava compartilhando. Sua mão parou na cabeça dele enquanto ela se perguntava se deveria dizer alguma coisa ou simplesmente deixá--lo falar. Ela ficou surpresa ao sentir a grande palma quente dele pressionar sua mão sobre a cabeça, e entendeu isso como um sinal de que ele queria que ela continuasse o acariciando. E foi isso que ela fez.

— Meu pai insistia em seguir o limite de velocidade. Ele nunca se importou se vinte carros formavam uma fila atrás dele, tocando a buzina e piscando o farol. Era permitido ultrapassar nas partes retas dessas estradas secundárias. As pessoas faziam isso o tempo todo. Quando estávamos a cerca de uma hora de distância da praia, o caminho estava muito escuro. Não vi o que aconteceu na época, mas descobri depois que um caminhão nos ultrapassou, mas voltou para a pista cedo demais. Meu pai desviou para não ser atingido.

Os olhos de Makenna se encheram de lágrimas adiantando-se ao final da história.

— Quando percebi, o carro estava de cabeça para baixo. Numa grande vala de irrigação na margem de um campo. O lado do passageiro foi o mais atingido quando o carro rolou, o lado em que Sean e minha mãe estavam sentados. Eu era o único ainda consciente depois do acidente. Mas não conseguia me mexer porque muitas das nossas coisas na parte de trás do carro — era uma perua, pra piorar — caíram no banco traseiro e me enterraram. Meu ombro estava deslocado, e eu não conseguia fazer uma alavanca pra sair dali. Eu ficava gritando o nome deles. Mas ninguém acordava. Eu desmaiei e fiquei inconsciente algumas vezes. Toda vez que acordava, estava escuro e eu ainda estava preso. Ficamos ali por cerca de quatro horas, até que outro caminhão que passava finalmente viu o carro de cabeça para baixo na vala e pediu ajuda. Quando nos tiraram, minha mãe e Sean estavam mortos.

— Ai, meu Deus, Caden. — Makenna desejou que ele sentisse o conforto e a paz que ela queria muito que ele tivesse. Pelo que ele havia dito mais cedo, ela não tinha percebido que ele também perdera a mãe. Ela desejava de coração que não fosse mais uma coisa que eles tinham em comum. — Eu sinto muito. Não admira...

Ele segurou a mão dela com delicadeza e a deslizou até a bochecha. Makenna gemeu quando o sentiu pressionar o rosto na palma da sua mão. Para ela, o gesto pareceu corajoso. Ela admirava a capacidade dele de pedir o que precisava. A maçã do rosto dele pareceu proeminente sob os dedos dela, e uma barba malfeita arranhou sua palma. Ela passou o polegar com delicadeza de um lado para o outro.

— Quando eu finalmente consegui superar a pior parte da claustrofobia, tatuei o dragão. Eu queria ser forte pelo Sean. E queria que ele soubesse que eu não ia viver com medo, já que ele não podia viver de jeito nenhum.

Makenna estava nadando nas emoções. O sofrimento que sentia por ele era palpável; descia pelas suas têmporas até os cabelos e apertava sua garganta. Seu desejo de protegê-lo — de dar um jeito para que nada jamais o machucasse, o assustasse, tirasse alguma coisa dele — veio do nada, mas ela sentia o tipo de ligação com Caden que sempre sentira com os próprios irmãos. Não importava que ela ainda pudesse contar o tempo pelo qual o conhecia em minutos.

E, meu Deus, como ela o queria. Queria puxá-lo para cima dela. Desejava sentir o peso dele se acomodar sobre o seu corpo, os lábios nos dela, as mãos nos seus cabelos e deslizando sobre a sua pele. Já tinham se passado onze meses desde que ela havia estado com alguém, e ela nunca sentiu esse tipo de conexão. Makenna também queria as próprias mãos sobre ele. Agora que o estava tocando, ficou com medo de não conseguir parar.

— Não para de falar comigo, Makenna. Preciso das suas palavras. Da sua voz.

— Eu só não sei o que dizer. Quero tirar a sua dor.

A bochecha dele se ergueu num sorriso sob a mão dela.

— Obrigado. Mas às vezes eu acho que preciso disso. Me lembra que estou vivo. E faz com que os bons momentos pareçam bem melhores. Como estar aqui com você agora.

4

Entre a falta de uma referência visual, a mão macia de Makenna acariciando o cabelo dele repetidamente e conseguir compartilhar a história da morte de sua mãe e de Sean sem nem chegar perto de entrar em pânico, Caden estava quase tonto de triunfo. Era Makenna, era tudo graças a Makenna. E ele a adorava por isso. Ninguém jamais havia entrado na essência dele como ela, e certamente nunca tão rápido.

A voz de Makenna interrompeu seus pensamentos.

— Você diz as coisas mais doces, Caden Grayson. É sério.

Caden sorriu na mão dela, que ainda segurava sua bochecha, e depois riu.

— O que é tão engraçado?

Ele deu de ombros, depois lembrou que a linguagem corporal se perderia.

— Doce não é uma palavra geralmente aplicada a mim.

— Bem, então as pessoas não te conhecem.

Ele fez que sim com a cabeça.

— Talvez. — Provavelmente. Ele seria o primeiro a admitir que mantinha as pessoas afastadas. Não gostava da sensação de sobrecarregar os outros com sua bagagem. Às vezes, a distância era mais fácil do que fingir ou explicar.

— Com certeza — respondeu ela.

Caden gostava da sua natureza argumentativa. Ela era brincalhona e mal-humorada e o tinha feito falar e rir mais nas duas horas em que ele a conhecia do que provavelmente em todo o mês passado. Com ela, ele nunca tinha pensado em se afastar.

Caden quase gemeu quando ela deslizou a palma da mão no rosto dele e começou a acariciar sua têmpora, ao redor do ouvido e desceu até o pescoço. Sua boca se abriu. Sua respiração ficou presa. Ele não pôde resistir a se inclinar ao toque surpreendentemente sensual.

Ele fechou os olhos por um instante e simplesmente cedeu à sensação. Ouviu a respiração dela e não achou que estava imaginando quando também ficou mais acelerada. A possibilidade de ela estar ansiando por ele da maneira como ele ansiava por ela de repente o deixou excitado. Ele gemeu baixinho na garganta antes de conseguir impedir.

— Makenna.

— Caden.

A voz dela estava cheia de desejo ou era apenas uma ilusão? Ele certamente estava projetando seu desejo nela, não é? Ele engoliu em seco e deslocou os quadris. Sua braguilha de botão estava frouxa, mas não o suficiente para acomodar sua ereção sem desconforto.

Então, os dedos de Makenna exerceram uma pressão na nuca dele. Mas ela continuou com as carícias constantes, e Caden achou que devia ter imaginado. Simplesmente não tinha certeza. Concentrou todo o seu foco no movimento de mão dela e... *eu não imaginei daquela vez, não é?* Lá estava novamente — a ponta dos dedos dela o puxando para perto.

Por favor, que eu não esteja imaginando isso.

Ele lambeu os lábios e moveu a cabeça para a frente apenas uns cinco centímetros. Meu Deus, como ele queria beijá-la. Seus dedos ansiavam por finalmente abrir caminho naqueles cabelos vermelhos. Seus lábios se abriram na expectativa de reivindicar a boca de Makenna. Ele queria sentir o gosto dela. Queria senti-la embaixo dele.

— Makenna — disse ele com a voz rouca, como um pedido, uma oração.

— Sim, Caden, sim.

Era a confirmação de que ele precisava.

Ele se empurrou pelo carpete até seu peito encontrar a lateral dela. Baixou lentamente a cabeça para não machucá-la em sua impaciência cega. Sua boca encontrou uma bochecha primeiro, e ele encostou os lábios na maçã macia. Ela gemeu e envolveu seus braços nos ombros largos dele. A mão direita dele pousou numa pilha de cachos sedosos, e a satisfação que ele sentiu por finalmente tocar os cabelos dela o fez engolir em seco.

— Tão macio — murmurou ele, falando dos cabelos e da pele e da saliência dos seios dela, que pressionavam seu peito enquanto ele se deitava sobre ela.

Caden soltou seu próprio gemido quando os lábios dela encostaram na pele na frente da sua orelha. Ela expirou com força, e a fúria da respiração dela sobre sua pele provocou arrepios no pescoço.

Ele formou um rastro de beijos suaves na bochecha dela até encontrar seus lábios.

E aí não conseguiu mais ir devagar.

Nem ela.

Caden gemeu quando o primeiro beijo levou o lábio inferior dela todo para dentro da sua boca. Suas duas mãos encontraram o caminho até o rosto dela, e ele colocou as palmas ao redor de suas bochechas para poder guiar o movimento. O gemido agudo de Makenna acompanhou suas mãos agarrando a nuca dele.

Quando a boca de Makenna se abriu, Caden aceitou o convite como um homem faminto num banquete. Ele enfiou a língua em sua doce boca e curtiu as carícias provocantes que as línguas trocavam. Makenna acariciou a cabeça dele, massageou o pescoço e agarrou os ombros. Caden se aproximou ainda mais dela, porque, mesmo estando tão perto, não era suficiente.

Ele precisava ficar mais perto. Ele precisava de mais.

Makenna estava flutuando com o prazer provocado pelo toque de Caden. A escuridão, combinada com a intensidade da conexão entre os dois, fez com que ela sentisse que nada mais existia no mundo. Ela nunca tinha experimentado esse tipo de paixão — pelo menos não só com um beijo.

Desde o momento em que ele murmurou aquelas palavras doces sobre como era bom estar com ela, ela sabia que ia ter que beijá-lo. Precisava sentir o gosto da boca do homem que sobreviveu a tamanha tragédia, mas conseguiu manter tanta delicadeza, tanta doçura. Ela achava que os dois tinham compartilhado a conversa mais sincera e agradável da vida dela. Ansiava por mais, por uma maneira de gravar tudo isso em sua memória para sempre.

Na sua mente, Makenna estava dizendo: "Me beija, me beija, me beija", mas ela não era tão confiante quanto Caden parecia ser sobre pedir o que precisava. Assim, ela acariciou a cabeça dele e apertou suavemente a sua nuca. E a expectativa de que ele pudesse perceber o que ela estava sugerindo a fez ajeitar as coxas ao sentir a umidade em sua calcinha. Tudo isso, e ela nunca o tinha visto. Ao menos não com os olhos.

Ela ofegou quando o peso quente do peito firme dele caiu sobre seus seios. A mão de Caden agarrou longas mechas do seu cabelo enquanto a boca pressionava suavemente a sua bochecha. Makenna não conseguiu conter o gemido com o prazer de finalmente senti-lo desse jeito. Precisando mais de Caden, ela embalou a cabeça dele, puxando-a para perto, depois deslizou as mãos para baixo, se deleitando com os sulcos esculpidos dos seus ombros largos e bíceps sólidos.

Então, os lábios dele reivindicaram os dela. Apesar de Makenna adorar os beijos suaves e doces que ele havia trilhado pela maçã do seu rosto, sua necessidade de se conectar com ele era grande demais para ir devagar. Sua boca se abriu depois do primeiro beijo, e Caden não decepcionou. Ele puxou mais o tronco sobre o dela e explorou sua boca devassa com a língua. Às vezes, ele investia e, às vezes, ela desviava. Cada movimento fazia o coração dela bater com força contra a caixa torácica e seu corpo formigar de expectativa.

Quando Caden recuou e deu beijos mais leves em seus lábios, Makenna aproveitou a oportunidade para persegui-lo, desta vez. Ela agarrou a parte de trás da cabeça dele e levantou a sua enquanto beijava a boca dele e sugava o lábio inferior. Ela ofegou quando sentiu uma coisa metálica na lateral da boca dele e ficou tão excitada com a imprevisibilidade daquilo, que gemeu e o lambeu. O grunhido de resposta dele reverberou na parte inferior da barriga dela. Os lábios dele se curvaram num sorriso rápido enquanto ela prestava atenção naquilo que finalmente percebeu que era um tipo de piercing.

Mais partes do quebra-cabeça que era Caden Grayson se juntaram naquele momento. Tatuagem. Piercing. Cabeça raspada. Ele deve parecer durão por fora. Mas era um grande molenga, doce, atencioso e às vezes vulnerável por dentro. E ela queria conhecer os dois lados muito melhor.

Era impossível saber durante quanto tempo eles se beijaram na escuridão — o tempo pareceu perder todo o significado. Mas Makenna estava sem fôlego e carente e molhada quando ele deu beijos e mordidas na linha do seu maxilar até a orelha e, dali, descendo pelo pescoço. Seu bigode curto deixava uma trilha de fogo na pele dela enquanto ele se movia. Makenna curvou as pernas em direção a Caden, precisando sentir mais partes dele em mais partes dela. O gemido que ele soltou quando ela dobrou o joelho na parte detrás da sua coxa a fez gemer e balançar os quadris contra ele.

Caden se aproximou e deslizou o joelho entre as pernas dela, impedindo-a de retorcer as costas do jeito que estava fazendo. Não que ela realmente tivesse notado. Então sugou o pequeno brinco de diamante no lóbulo da orelha dela, enquanto a mão direita passava suavemente sobre seu corpo e se acomodava no quadril que o envolvia.

— Ai, meu Deus, Caden.

Amor na escuridão **43**

A bochecha dele se contraiu num sorriso no ponto onde encostava na dela, mas ela não se importou com o sorriso enquanto ele lambia, beijava e sugava seu pescoço do jeito que estava fazendo. Makenna inclinou a cabeça para o lado para se abrir para ele e levantou as mãos para lhe fazer carícias encorajadoras no pescoço e na cabeça.

Foi quando ela sentiu. Os dedos de sua mão esquerda claramente traçaram o que só poderia ser uma cicatriz na lateral da cabeça dele. Ela hesitou por menos de um segundo, mas ele aparentemente percebeu, porque recuou um pouco.

— Eu te conto tudo — sussurrou no pescoço dela —, prometo.

Ela inspirou para responder quando o elevador se sacudiu e a luz explodiu no pequeno espaço.

Makenna gritou e fechou os olhos. Caden resmungou e enterrou o rosto no pescoço dela. Depois de horas encarando a escuridão, a luz era dolorosa, ofuscante.

Makenna ficou frustrada com o momento do retorno da luz, aliviada por estar acesa, mas com medo do que ia acontecer com ela e Caden.

E aí o elevador tremeu. Eles mergulharam de volta na escuridão.

Os dois gemeram de novo e se enrolaram um no outro enquanto tentavam se ajustar ao efeito estroboscópico que as luzes deixaram nas pálpebras. Makenna passou de cega a ver um caleidoscópio giratório de desorientadoras manchas vermelhas e amarelas.

— Merda — disse Caden com a voz rouca.

Makenna parou de se preocupar com perturbação nos seus olhos e voltou a prestar atenção nele, percebendo que seu corpo tinha ficado rígido em cima dela. *Ah, não.*

— Caden?

A única resposta foi um gemido estrangulado no fundo da garganta e a mão esquerda dele apertando com um pouco mais de força o ombro dela.

Makenna entendeu o que estava errado. Ela podia conhecer esse homem há apenas algumas horas. Podia nunca tê-lo visto. Mas ela o conhecia. E sabia que ele precisava dela.

— Ei, ei — ela murmurou enquanto acariciava o cabelo de Caden. — Está tudo bem.

Ele não relaxou, mas ela sentia que ele estava ouvindo, ou tentando ouvir.

— Estou aqui. E estamos bem. Vamos ficar bem. Você não está sozinho. — *Desta vez*, Makenna acrescentou para si mesma. Ela estava amaldiçoando mentalmente aquele retorno temporário da eletricidade, porque foi o lembrete mais evidente da noite em que Caden estava preso numa pequena caixa de metal escura como um breu. Ela ficou furiosa por Caden. Enquanto continuava a acariciá-lo e a ocasionalmente murmurar oferecendo apoio, mentalmente amaldiçoava o inventor do elevador, a companhia elétrica, o leitor de medidores e, enquanto estava nessa, lançou alguns xingamentos para Thomas Edison também, porque, bem, Caden não ficaria preso num pequeno transporte elétrico se o bom e velho Tom não tivesse encontrado um jeito de aplicar a teoria da eletricidade. Ela também não estava muito feliz com Ben Franklin e aquela maldita pipa.

Os ombros de Caden finalmente relaxaram. Ele estremeceu e inspirou. Makenna soltou a respiração que não percebeu que estava prendendo.

— Estou com você, Bom Sam — disse ela com um sorriso aliviado.

Ele fez que sim com a cabeça bem de leve, mas eles estavam tão próximos que ela sentiu mesmo assim.

— Vem cá — disse Makenna enquanto guiava a cabeça dele de onde tinha sido enterrada em seu pescoço até seu ombro oposto, para ele poder deitar ao lado dela. Ela se esticou para envolver os braços ao redor dele e quase não conseguiu entrelaçar os dedos enquanto o abraçava.

Amor na escuridão   **45**

O choque da luz intermitente desencadeou um ataque de pânico tão inesperado que Caden teve dificuldade para respirar. A única coisa que o impediu de perder a cabeça completamente foi o cheiro calmante dos cabelos e do pescoço de Makenna.

Ele não precisava se perguntar por que a luz tinha disparado aquilo. De repente, ele foi sugado para catorze anos no passado, pendurado de cabeça para baixo com a cabeça encravada entre o console central dianteiro e o assento do passageiro, enterrado numa pilha de bagagens e lembranças das férias. Uma coisa aguda estava enfiada na sua lateral, tornando difícil respirar profundamente sem piorar a dor. Sua cabeça ecoava e latejava. Alguma coisa úmida escorria pelos seus cabelos. E seu ombro direito estava perto demais do maxilar para ser normal. Durante um tempo enorme, a escuridão e o silêncio foram assustadoramente completos. Mas aí o total terror da situação foi iluminado por um clarão de luz de um carro que passava.

Na primeira vez que isso aconteceu, Caden ficou aliviado e usou grande parte da energia que ainda tinha gritando:

— Aqui! Estamos aqui!

Mas não veio nenhuma ajuda.

Poucos faróis tinham passado até ficar muito tarde, mas a cada um Caden tinha sua fé renovada e destruída, seu corpo maltratado ainda mais jogado contra as rochas da esperança suplicante e da terrível decepção.

Conforme ele ficava consciente e inconsciente, esses raros momentos se tornavam ainda mais difíceis de suportar, porque ficou difícil distinguir realidade de pesadelo. No momento em que um caminhão finalmente parou para ajudar, várias horas depois, Caden tinha tanta certeza de que não ia sobreviver ao acidente que não respondeu quando o motorista gritou para perguntar se alguém conseguia ouvi-lo.

— Meu Deus, Caden, isso é horrível.

Ele franziu a testa e virou a cabeça distraidamente para encarar o rosto ainda oculto de Makenna.

— O quê? — ele perguntou, com a voz seca arranhada.

— Eu disse que era uma coisa horrível você ter passado por isso. Sinto muito.

Com um sobressalto, ele entendeu que havia dito em voz alta o que pensava estar apenas relembrando. E, no entanto, aqui estava Makenna, ainda o abraçando, acalmando, aceitando completamente, apesar do seu irritante medo infantil.

Cacete, era ele quem deveria estar a consolando nessa provação.

Ele apoiou a cabeça na curva do pescoço dela e respirou fundo. Sem ter visto mais de Makenna do que seus lindos cabelos vermelhos e seu pequeno traseiro firme, Caden tinha certeza de que poderia detectá-la numa multidão por seu delicioso aroma.

Enquanto ele relaxava mais completamente, alguma coisa que ela havia dito lhe veio à lembrança.

— Por que você me chamou de "Bom Sam"?

Ela apertou os braços ao redor dele. Caden conseguiu perceber o sorriso na voz quando ela falou.

— Antes de saber o seu nome, eu estava pensando em você como meu Bom Samaritano. Por segurar a porta do elevador. — Ela deu uma risadinha. — Eu realmente precisava que uma coisa legal acontecesse comigo hoje, e você ganhou esse apelido por ser paciente o suficiente para esperar.

Caden sorriu. O fato de ele ter feito alguma coisa para melhorar o dia dela desencadeou uma satisfação calorosa no seu corpo, aliviando a tensão dos seus músculos.

— É você que está dizendo, Ruiva.

— Sabe, estou perto o suficiente pra bater em você, agora.

Ele soltou uma risada, liberando ainda mais sua ansiedade.

— Vá em frente, pode ser que eu goste. — A cada segundo, ele estava se sentindo mais como si mesmo, relaxado o suficiente para seu corpo começar a reagir à lembrança dos beijos fenomenais. Sem falar na maneira como ela estava enrolada nele. Quando Makenna soltou uma risada, Caden deu um sorriso mais largo por ela não encontrar uma resposta espirituosa. Ele gostou de seu comentário tê-la confundido.

Caden engoliu em seco e desejou que eles tivessem mais água. Ele estava quente demais e coberto por uma camada de suor causado pelo pânico, embora o desconforto não lhe desse vontade de se afastar do corpo igualmente superaquecido de Makenna.

Uma das mãos de Makenna deixou seu ombro enquanto ele ouvia o inconfundível barulho de um bocejo.

— Já está cansada da sua companhia no elevador encalhado? — perguntou Caden, mas também preocupado que isso fosse verdade, ainda mais depois que ela o viu.

— Nunca — respondeu ela no fim do bocejo. — Desculpa. Foi um dia longo antes de eu ter o prazer de te conhecer. E o calor está me deixando com sono. E você é aconchegante — acrescentou ela com uma voz baixinha e hesitante.

— Você também. — Ele a apertou com o braço sobre o tronco dela e enfiou os dedos embaixo das suas costas para segurá-la com firmeza. — Fecha os olhos, Ruiva. — Caden pensou que certamente poderia adormecer nos braços daquela mulher, mas odiava a ideia de perder um minuto que fosse daqueles que ele tinha certeza de que seriam poucos que restavam preso com ela.

— Na verdade eu não quero — protestou ela com a voz sussurrada.

— Por que não?

Ela não respondeu de imediato, mas finalmente disse:

— Porque estou... curtindo você.

Caden escondeu o sorriso no pescoço dela e se esticou para dar uma chuva de beijos em sua pele macia. Ele passou o nariz pela coluna delgada da garganta dela até a orelha.

— Eu também — sussurrou ele, curtindo o arrepio dela. Então lhe deu um beijo na concha da orelha e acrescentou: — Desculpe por antes.

Uma das mãos dela subiu até o rosto dele e envolveu com ternura o ângulo rígido do seu maxilar.

— Por favor, não se desculpe. Estou feliz por estar aqui por você.

Ele apoiou a cabeça no ombro dela.

— Mas eu quero estar aqui por você.

— Já está. — Ele resmungou, e ela o abraçou com mais força. — Vamos fazer um acordo: eu te ajudo com a claustrofobia, e você pode me ajudar com as aranhas.

— Aranhas? — Ele deu uma risadinha.

— Essas coisas têm pernas *demais* pra serem aceitáveis. Nem vou começar a falar das centopeias.

— Combinado. — Ele riu, mas por dentro estava radiante porque a proposta dela só fazia sentido se eles fossem passar um tempo juntos fora desse maldito elevador, o que ele realmente queria.

Esperançoso, Caden tirou a mão das costas dela e acariciou seus longos cabelos, passando os dedos desde o couro cabeludo até as pontas cacheadas. Quando seus dedos paravam no couro cabeludo, ela fazia um barulho parecido com um gatinho satisfeito ronronando, encorajando-o a acariciá-la várias vezes.

Finalmente, o corpo dela relaxou sob o dele. Ela adormeceu. E aí foi a vez dele de se sentir satisfeito — essa mulher que mal o conhecia e nunca o tinha visto se sentiu segura o suficiente em seus braços para se entregar à vulnerabilidade do sono. Era uma confiança que ele jurou nunca quebrar.

5

Makenna despertou aos poucos e saiu relutante do seu sonho. Estava deitada numa praia, o calor do sol de verão batendo nela, e seus braços e pernas estavam emaranhados no seu amante. Quase podia sentir o peso dele sobre ela.

E então, ela estava acordada o suficiente para perceber que ao menos parte do que sonhara era real. A noite voltou para ela com pressa. O elevador. Caden. Os beijos. Ela sorriu na escuridão.

Não conseguiu adivinhar por quanto tempo estava dormindo, mas era tempo suficiente para suas costas reclamarem do chão duro.

— Oi. — A voz de Caden estava rouca, pesada de sono.

— Oi. Me desculpa se eu te acordei.

— Não. Fiquei dormindo e acordando.

— Ah. — Makenna cobriu um bocejo.

— Você ronca — disse Caden depois de um minuto.

— De jeito nenhum! — Pelo menos, ela achava que não. Fazia muito tempo que não dormia com outra pessoa. Ela cobriu os olhos e fez um som de lamento. Quando Caden riu, Makenna soltou a mão, virando o rosto na direção do dele.

— Não ronca, não. Eu só queria te provocar.

— Você me suga — disse Makenna, também rindo.

Caden avançou e encostou os lábios na garganta dela. Seu beijo virou uma sucção enquanto ele puxava a pele dela para dentro da boca. Ela ofegou. Depois de alguns segundos, ele soltou.

— Eu *sei* sugar — murmurou Caden enquanto a beijava de novo.

Ai, meu Deus.

A mente de Makenna flertou com alguma coisa espirituosa, mas tudo que ela conseguiu foi dar um gemido enquanto ele afastava os lábios.

Caden ajeitou os dois, puxando Makenna para ficar de lado, de frente para ele. Ela gemeu, mas não de prazer. Suas costas gritaram em protesto.

— Você está bem?

— Estou, é só... minhas costas estão meio doloridas. Você se importa se ficarmos sentados?

— Claro que não.

Makenna lamentou perder a sensação do corpo de Caden, mas se sentar aliviou tanto as costas que ela gemeu.

— Vem cá — disse Caden, a voz agora mais distante.

— Onde você está?

— No canto... pode se apoiar em mim.

Makenna sorriu pela consideração — e por seu desejo contínuo de tocá-la — e se arrastou sobre as mãos e os joelhos até onde achava que ele poderia estar. Seus dedos caíram num sapato, e ela abriu caminho até a perna vestida de jeans enquanto engatinhava entre os joelhos dobrados dele.

Sua mão tocou na coxa de Caden, e ele gemeu. Ela mordeu o lábio e sorriu.

Com cuidado, Makenna se virou e ajeitou o corpo de volta na placa dura do seu peito quente. Ela hesitou por apenas um instante, depois permitiu que sua cabeça caísse de volta no ombro dele. Caden acariciou seus cabelos com o nariz. Ela podia jurar que o ouviu cheirar, o que a fez lembrar do seu pensamento anterior de passar o nariz na garganta dele. Feliz porque finalmente poderia fazer o que queria, ela virou o rosto para ele e mergulhou nos aromas provocantes de loção pós-barba e homem.

Quando Caden envolveu os braços na cintura de Makenna, ela suspirou, depois cobriu os braços dele com os dela.

— Melhor? — perguntou ele.

— Hummm, muito melhor. Obrigada.

Ela sentiu Caden acenar com a cabeça e sorriu quando ele deu um beijo no cabelo dela. Estar com Caden dessa maneira — sentados tão próximos, nos seus braços, ele a beijando — era uma loucura total. Ela sabia que era. Então, por que parecia tão certo?

Makenna estava cansada, mas não achou que fosse conseguir dormir. Estava sufocando no elevador. Suspeitava de que o calor era tão responsável pelo cansaço quanto a hora.

— Você tem mais perguntas? — indagou ela depois de um tempo, querendo ouvir a voz dele outra vez.

Caden riu, e seu peito ribombou nas costas dela.

— Humm... onde você mora?

— Você conhece o shopping de Clarendon, onde ficam a Barnes and Noble e a Crate and Barrel?

— Ahá.

— Moro em um dos apartamentos que ficam em cima.

— São bem novos, não são?

— É, estou lá há mais ou menos um ano. É ótimo para observar pessoas. Eu sempre me sento na varanda e observo as crianças correndo pelo playground e as pessoas andando por entre as lojas. E você, mora onde?

— Consegui uma casa em Fairlington. Trabalho no corpo de bombeiros de lá, então é muito conveniente. Sua família também mora por aqui?

— Não. Meu pai, Patrick e Ian ainda moram na Filadélfia, onde eu cresci. E Collin faz pós-graduação em Boston. — Makenna hesitou por um instante e disse: — Minha mãe morreu quando eu tinha três anos. Câncer de mama.

52 Laura Kaye

Caden a abraçou com mais força.

— Merda, sinto muito, Makenna. Eu fiquei falando e falando...

— Para, sério. Eu não quis dizer nada antes enquanto você me falava de sua mãe, porque... bom, quero dizer, é ruim falar sobre isso. Mas eu não me lembro da minha mãe. Então, durante a maior parte do meu crescimento, ela era mais uma ideia do que alguém que eu realmente conhecia o suficiente para sentir saudade. Não se compara ao que você passou.

— Claro que se compara — disse Caden. — Não importa se você tem três ou catorze anos: uma criança precisa da mãe. Na idade em que você estava, provavelmente precisava mais da sua do que eu da minha.

Makenna se aninhou de novo no peito de Caden, adorando a proteção que percebia na sua voz.

— Não sei. Talvez. Mas essa é a questão. Não sei como ele fez isso, mas meu pai foi tão maravilhoso que conseguiu cumprir os dois papéis. Patrick tem sete anos a mais que eu. Ele também ajudou muito comigo e com Collin. E a irmã do meu pai se mudou para a Filadélfia um tempo depois que minha mãe morreu. A tia Maggie sempre estava lá quando eu tinha um problema que nenhum dos meninos podia resolver. Então, embora seja triste pensar em não ter tido uma mãe, eu tive uma boa infância. Eu era feliz.

— Que bom — sussurrou Caden —, isso é bom.

Caden não podia acreditar que ela também tinha perdido a mãe. Isso explicava muita coisa — ela claramente entendia a perda, mesmo que sua experiência fosse diferente da dele. Mas não tinha dúvidas de que a dela lhe ensinara a empatia e a compaixão que demonstrou quando ele contou sua história. Caden pensou que talvez finalmente entendesse o que as pessoas queriam dizer quando falavam sobre afinidade entre espíritos.

As costas de Makenna se arquearam quando ela se espreguiçou e bocejou, e Caden sufocou um gemido quando o traseiro dela pressionou sua virilha. A fricção foi fantástica, mas muito curta. Sua imaginação correu em disparada. Tudo que ele conseguia pensar era em roçar no traseiro apertado dela e sentir as curvas sensuais dos seus quadris nas mãos enquanto a segurava.

Ele saiu surpreso da sua fantasia quando ela não se apoiou de novo no peito dele, mas, em vez disso, se virou para encará-lo. Caden percebeu que Makenna estava sentada sobre as pernas porque sentiu os joelhos dela pressionando o interior das suas coxas. O contato fez sua virilha se contrair. Ele apertou e soltou os punhos, tentando absurdamente deixá-la assumir a liderança. Não queria forçá-la a ir além do que ela queria. Mas a iniciativa dela era muito sexy, porra. Quando as mãos de Makenna pousaram no peito dele, seu pau se contraiu e endureceu completamente. Ele moveu os quadris para ficar mais confortável. Ela se inclinou para ele. Caden gemeu satisfeito quando os seios dela caíram sobre seu peito enquanto seus lábios encontraram o queixo dele.

— Oi — ela sussurrou.

— Oi. — Ele envolveu os braços ao redor do corpo de Makenna e a abraçou.

E seus lábios encontraram os dele. Caden gemeu quando ela se concentrou primeiro no piercing duplo na lateral do seu lábio inferior. Ele se sentiu aliviado porque ela parecia gostar das suas picadas de aranha, como eram chamadas, embora suspeitasse que, por *essa* mulher, ele os tiraria se ela não gostasse.

O beijo dela era suave e lento, exploratório, e ele saboreava cada puxão dos lábios, deslizada da língua e mudança na pressão do corpo. Ele passou as mãos para cima e para baixo pelas costas de Makenna, curtindo a forma como a seda da blusa escorria no corpo dela. Quando pequenos gemidos e lamentos acompanharam seus beijos, a ereção de Caden se contraiu. Ele ajeitou os quadris. Queria mais dela. Queria reivindicá-la, torná-la sua.

Mas também queria vê-la enquanto a tomava. Queria aprender tudo sobre o seu corpo. Queria observar suas reações enquanto ele usava a boca e as mãos para satisfazê-la. E definitivamente queria que ela tivesse mais do que uma trepada rápida no chão. Ela merecia mais que isso. Muito mais. E ele pensou que talvez quisesse lhe dar tudo.

Caden tinha que admitir. Estava se apaixonando por Makenna. Antes desta noite, ele poderia apostar dinheiro contra a ideia de se apaixonar por alguém depois de conhecê-la por um dia. Ainda bem que nunca fez essa aposta.

As mãos de Makenna envolveram seu maxilar. Ela se inclinou ainda mais na direção dele, seus seios esmagando o peito dele. Caden enfiou a mão esquerda nos cabelos dela e assumiu o controle do beijo, inclinando a cabeça dela para trás para conseguir ter um acesso melhor à sua boca. Ela tinha um gosto fenomenal, e isso, com seu aroma intensificado pelo suor, estava deixando Caden maluco. Ele ajeitou os quadris de novo, embora infelizmente ela estivesse muito longe para oferecer a fricção que ele procurava. Ela chupou a língua dele com força enquanto jogava a cabeça para trás. Ele gemeu e pegou um punhado de cabelo. Ela cedeu à demanda tácita e inclinou a cabeça, e Caden esticou a língua na sua garganta, atento ao ponto logo abaixo da orelha que a fazia se curvar todas as vezes.

— Quero te tocar, Makenna. Posso?

Ela engoliu em seco nos lábios dele.

— Pode.

— Tudo que você precisa dizer é "para".

— Tudo bem — sussurrou ela enquanto segurava a nuca dele com sua pequena mão.

Com a mão esquerda ainda emaranhada nos cabelos dela, Caden deslizou a mão direita pelo corpo dela e segurou a parte de baixo do seu seio. Ele fez uma pausa ali e a deixou se acostumar com a sensação, dando tempo para ela interromper seus movimentos se quisesse. Caden gemeu sua aprovação na pele macia do pescoço dela quando ela fez pressão em direção ao seu toque.

Então a apertou suavemente e roçou o polegar de um lado para o outro. Quando ele acariciou seu mamilo, Makenna ficou de joelhos e reivindicou sua boca. Ele engoliu vorazmente seu gemido de prazer e decidiu provocar outros, repetindo o movimento até ela estar choramingando.

A escuridão intensificava todas as sensações. Os sons do prazer estavam amplificados. Texturas surgiram na ponta dos dedos dele. Caden estava nadando no cheiro dela. Mal podia esperar para vê-la, mas, sentado segurando essa mulher sensual nos braços, ele não estava reclamando por não poder vê-la.

Ele deslizou a mão esquerda para longe dos cabelos dela e desceu pelo seu corpo até o outro seio. Ela apoiou a testa na dele. Caden gemeu com a sensação dos seios quentes e firmes enchendo suas mãos enquanto os cabelos dela caíam em cascata sobre os rostos deles.

Em meio a respirações ofegantes, ela lhe beijava a testa enquanto ele afagava, acariciava e provocava seus seios.

Makenna trabalhou os lábios e a língua descendo até a têmpora de Caden, e ele se preparou para a reação dela ao que encontraria no canto de sua sobrancelha. Finalmente, ele sentiu a língua dela bem ali. Ela ofegou.

— Ai, meu Deus, outro? — ela sussurrou.

Caden não tinha ideia se a reação dela era positiva ou negativa até que a ouviu gemer enquanto chupava levemente o piercing para dentro da boca.

Ele grunhiu de prazer pela aceitação entusiasmada dela e agradeceu concentrando os dedos em seus mamilos. Ela gritou, sua respiração soprando na orelha dele. Caden não conseguiu evitar e empurrou os quadris outra vez. Ele estava duro e dolorido e achava que nunca tinha se sentido tão excitado apenas com beijos.

— Embaixo — implorou Makenna.

Demorou um instante para o cérebro dele clarear e perceber o que ela estava pedindo. *Claro que sim.*

Juntos, eles abriram os pequenos botões perolados da blusa dela. Caden deslizou os dedos por dentro do cetim do sutiã e encontrou uma pele feminina firme e quente. A prova da excitação dela era incrível, mas tudo o que sua mente conseguia pensar era em como ele sabia que o gosto dela seria delicioso.

Makenna achou que deveria estar preocupada com até onde isso estava indo e aonde poderia ir. Mas aí Caden puxava seu cabelo ou chupava aquele ponto sensível sob a orelha ou pedia permissão para ir um pouco além, e ela perdia toda a capacidade de ser moderada.

Repetidamente, a boca e os dedos de Caden a provocavam do jeito certo, como se já a tivessem deixado satisfeita muitas vezes antes. Ela já o achava um amante atencioso, porque repetia todas as ações que a faziam gemer ou se contorcer.

Ela estava quente e molhada e precisava das mãos grandes dele sobre seu corpo. Não ia deixar isso ir longe demais, mas tinha que ter alguma coisa, precisava ter mais. E não conseguia se lembrar da última vez em que se sentira tão sexy, tão apaixonada. Tão viva.

Os dedos dele eram ásperos e tinham um toque fenomenal enquanto esfregavam e puxavam suavemente seus mamilos sensíveis. Ela percebeu que o sutiã estava restringindo os movimentos dele, então liberou as mãos que estavam vagando pelo corpo dele e arrancou as taças acetinadas do caminho.

— Você é tão gostosa, Makenna — murmurou Caden no meio dos beijos.

Ela gemeu quando sentiu que ele roçou os polegares sobre o decote exagerado criado pelo jeito como seu sutiã desarrumado a empurrava para cima e para dentro. Precisando senti-lo também, as mãos de Makenna desceram até sua barriga. Ela puxou a camiseta de algodão macia até conseguir deslizar as mãos por baixo.

Caden gemeu e se contorceu quando os dedos dela pousaram na trilha de pequenas ondulações que levavam para baixo da sua cintura. Ela brincou com elas enquanto levava os dedos lentamente para cima, depois esticou os dedos até suas mãos estarem direto nele. A barriga dele se contraía e se encolhia sob os toques provocantes das mãos dela. Makenna esfregou as coxas uma na outra. Ela logo encontrou os mamilos dele e passou as unhas curtas levemente sobre eles.

— Que inferno, Ruiva — ele gemeu.

— Assim? — Ela pontuou a pergunta tocando num dos mamilos de novo enquanto, de leve, puxava o outro. Quando ele grunhiu a resposta, ela sorriu com malícia contra os lábios dele.

Makenna ficou surpresa e decepcionada quando as mãos dele deixaram seus seios. Mas aí ele as deslizou sob os braços dela e a ergueu para ficar de joelhos.

— Ai, meu Deus, Caden — ela gritou quando ele fez um círculo de beijos ao redor do seu seio direito, depois esfregou o nariz de um lado para o outro em seu mamilo. Sua expectativa estava quase no limite pela sensação da boca dele ali.

Ele não a fez esperar muito. Um de seus braços a abraçou, prendendo-a na boca dele, enquanto a outra mão provocava o peito livre. Ele a puxou com tanta força para perto que ela finalmente teve que soltar uma das mãos de baixo da camisa dele para se apoiar na parede atrás deles.

A boca de Caden nela era uma confusão de sensações. A língua dele batia em seus mamilos. Seus dentes mordiscavam suavemente. Seus lábios chupavam e faziam cócegas e provocavam. Seu piercing espetava a pele dela de maneira eletrizante. Ele alternava entre os seios até ela achar que ia perder a cabeça.

Makenna apertava as coxas ritmicamente, tão abalada pelo estímulo dele nos seus seios que não se importava se ele sentisse que ela estava se movendo contra ele.

— Que gosto bom, Makenna. Que delícia.

— Meu Deus, você está me matando.

Ele mergulhou a língua no decote e lambeu lentamente o seu peito. Era erótico, emocionante e devasso. Ela gemeu ao imaginá-lo mergulhando essa língua habilidosa em outro lugar.

Os dedos dele voltaram aos mamilos e beliscaram e retorceram enquanto ele inclinava a cabeça para trás. Makenna apoiou as mãos nos seus ombros largos e olhou para baixo, sentindo-o ao redor dela, apesar de não conseguir vê-lo. Ela se abaixou lentamente até suas bocas se redescobrirem na escuridão.

Caden recuou um pouco e esfregou a bochecha áspera na dela.

— Quero fazer você se sentir bem.

— Eu me sinto tão bem com você.

— Hummm... posso fazer você se sentir melhor ainda?

A cabeça de Makenna ficou tonta com a promessa do que ele estava oferecendo. Ela não conseguia acreditar que estava mesmo considerando isso, mas seu corpo gritava ao pensar que ela poderia recusá-lo. Ela fez que sim com a cabeça encostada na dele.

— Me fala, Ruiva, você precisa dizer isso em voz alta. Não consigo ver seu rosto nem seus olhos, e não quero cometer nenhum erro.

Se ela estava um pouco insegura um instante atrás, não estava mais.

— Sim. Por favor... me faz gozar.

— Ah, porra, você não pode dizer essa merda agora.

Essas palavras provocaram um sorriso no rosto dela. Makenna esperava estar afetando tanto Caden quanto ele a afetava. Suas palavras também a fizeram se sentir mais ousada, então ela o provocou só um pouco.

— Eu preciso gozar, tanto. Por favor? — Ela mordeu o lábio inferior com a insolência.

Caden rosnou:

— Hummm, sim. — Suas mãos dispararam para os quadris dela. Ele tentou puxá-la para o colo, mas a saia era muito apertada. As coxas dela não conseguiam se abrir o suficiente para ela montar nele. — Posso...

Ele não precisou perguntar. As mãos de Makenna já estavam na lateral das coxas, subindo a saia para ela poder colocar as pernas sobre as dele. Ela estava tremendo de desejo e expectativa. Ele ajudou a guiá-la. Os dois gemeram com uma satisfação cheia de desejo quando a junção aquecida das coxas dela se instalou sobre a protuberância na calça jeans.

Caden a abaixou. Ela o adorava por isso. Ele voltou para sua boca, explorando-a com a língua enquanto os polegares e indicadores provocavam seus mamilos. Ela não conseguiu resistir a lamber e chupar o metal no lábio dele, nunca imaginou que fosse achar esses piercings tão sensuais. E ela gostava especialmente porque sua atenção a eles o fazia grunhir de satisfação.

Agora que Makenna tinha uma fonte de fricção, precisava usá-la. Ela se instalou na sua considerável rigidez e ganiu com o quanto era bom senti-lo ali. As mãos dele foram até o traseiro dela e a abaixaram ainda mais sobre ele. Com um aperto firme no traseiro dela, Caden a ajudou a encontrar um ritmo, encorajando-a a usá-lo para seu prazer.

Makenna gemia toda vez que ele a puxava contra si, embora isso não fosse nada comparado com o que ela sentiu quando ele finalmente desceu a mão esquerda para o lado de fora da sua calcinha. Os dedos dele ali a deixaram louca. Ela gritou e engoliu em seco e lutou para respirar e aliviar a tontura que o prazer provocava.

Ele segurou o monte dela e grunhiu.

— Meu Deus, você está tão molhada.

— Sua culpa — ofegou ela.

A voz dele gotejava arrogância.

— Feliz por ser o culpado disso.

— Ainda vou te bater — ela conseguiu dizer quando seus dedos começaram a se mover e esfregar sobre o cetim encharcado.

— Talvez mais tarde — brincou ele. — Meu Deus, que sensação fantástica.

Gemendo de prazer, Makenna se agarrou aos ombros largos de Caden enquanto ele a ajudava a se empurrar contra ele com uma das mãos e a acariciava com a outra.

— Ai, meu Deus. — Tudo — tensão, borboletas, formigamentos, tremores — se acumulou na parte inferior do seu abdome.

— Eu queria te ver gozando pra mim, Makenna.

— Ah! — foi tudo o que ela conseguiu soltar. Ele movia os dedos com mais força, agora, num círculo bem em cima dos nervos no topo de seu sexo. E foi perfeito. Exatamente o que ela precisava para chegar lá.

— Isso. Está tudo bem, baby. Se solta.

— Caden. — Ela soltou um gemido agudo quando a pressão se acumulou sob a mão atormentadora dele. Ela abriu a boca. Ele acelerou um pouco os movimentos. Pressionou só um pouco mais.

Seu orgasmo seria enorme. Toda a parte do meio do seu corpo já estava tensa com o acúmulo da pressão dormente que parecia impossível de conter. Seus dedos eram tão bons. Ela se concentrou muito no modo como ele a acariciava, na ligação dele com o centro da sua excitação, e se entregou inteiramente à busca do prazer.

Meu Deus, só um pouco mais... quase... ai, meu Deus.

O elevador zumbiu e estremeceu. As luzes se acenderam de novo.

6

Makenna gemeu.

A luz parecia ter sido um balde de água gelada — foi desconfortável e enfraqueceu o fogo que se alastrava pelo seu corpo apenas alguns segundos antes.

Ela apertou os olhos contra o brilho inesperado e enterrou o rosto no pescoço de Caden. A luz também pareceu afetá-lo. Os dedos dele, agora parados, ainda permaneciam encravados entre os dois corpos, mas seu rosto estava enrolado nela para bloquear o ataque ofuscante das luzes.

Vários instantes se passaram. As luzes continuaram acesas. Makenna imaginou que iam ficar assim. Ainda aconchegada em Caden, ela experimentou abrir os olhos para se acostumar ao brilho outra vez. Foi surpreendentemente difícil. Os olhos dela protestaram, piscando e marejando durante o que pareceram minutos.

Por fim, ela conseguiu abrir totalmente os olhos. Seus ombros relaxaram no peito largo de Caden. E aí ela se deu conta.

Merda! Estou seminua. Com um desconhecido. Que, neste momento, está com a mão por dentro da minha saia!

Um desconhecido que eu nunca vi.

Que nunca me viu!

E se ele achar que sou horrível? Simplesmente *horrível. Ou sem graça — meu Deus, eu sempre detestei essa palavra. Sem graça. Sem graça. Que tipo de palavra é essa para descrever uma pessoa, afinal? Ai, meu Deus, eu sou louca.*

Seu quase orgasmo também não ajudou. Seu corpo parecia muito tenso e como uma gelatina vibrante, tudo ao mesmo tempo.

— Acho que a energia voltou pra ficar, desta vez — disse Caden em seu ouvido com uma voz rouca e tensa.

— Parece. — Makenna revirou os olhos para o brilhantismo da sua resposta, certa de que estava no processo de perder a magia que ela tinha com as luzes apagadas.

Ainda apoiando a cabeça no ombro dele, Makenna olhou para baixo entre os dois e ficou boquiaberta. A camisa de Caden estava puxada até as costelas, e todo o lado esquerdo do seu abdome definido tinha uma tatuagem abstrata em espiral que ia até as costas. Era deslumbrante na sua pele, que não era nem de perto tão clara quanto a dela. Antes de ela parar para pensar, seu dedo traçou uma curva no design preto. A barriga dele se contraiu, e ele inspirou fundo ao toque. Ela sorriu.

De repente, ela *precisava* ver o resto dele.

Devagar, levantou a cabeça e se sentou no colo dele, mantendo os olhos no abdome o tempo todo. Ela se preocupou com a aparência dele, depois se odiou por pensar em algo tão fútil. Finalmente, resolveu colocar essas preocupações de lado. Makenna já admirava tanto o que sabia de Caden que não havia como não enxergar sua beleza interna na aparência física dele, qualquer que fosse.

Ela lutou contra o desejo instintivo de se cobrir, de fechar os dois lados da seda aberta, mas não quis ferir seus sentimentos. Ela não queria se fechar para ele depois de tudo o que tinham compartilhado.

Sua pele formigava por toda parte, como se ela pudesse sentir o caminho que os olhos dele traçavam enquanto se moviam pelo seu corpo. Finalmente, ela respirou fundo e levou os olhos para cima do abdome dele, sobre a camiseta preta apertada e surrada, passando pelos ângulos rígidos do maxilar forte que ela mordiscou, até seu rosto.

Ela não conseguia parar de tremer, seu corpo inesperadamente inundado de adrenalina enquanto absorvia Caden através do seu sentido final.

Ele era... *ai, meu Deus!*... tão bruto e... masculino... e simplesmente... sombriamente lindo.

O ângulo sedutor do seu maxilar combinava com os lábios carnudos e as maçãs do rosto altas e sobrancelhas fortes moldando intensos olhos castanhos com cílios impossivelmente longos e densos. O cabelo castanho-escuro raspado formava um V no centro da testa. Dois pequenos aros de prata envolviam o lado esquerdo do lábio inferior. O piercing na sobrancelha direita era de metal preto e em forma de haltere.

Ele tinha um rosto que, com o conjunto de maxilar e olhos, poderia facilmente parecer bruto e intimidador. Mas ela sabia que ele não era nenhuma das duas coisas.

Com a respiração trêmula e engolindo em seco, Makenna reuniu coragem para encontrar os olhos dele. Ele a observava enquanto ela o olhava, com o olhar vigilante. Não frio, mas também não quente. Apesar da maneira íntima como ainda estavam se tocando, os ombros de Caden estavam tensos, e o músculo do maxilar tremia. Ela teve a clara impressão de que ele estava se preparando para uma rejeição.

Ela simplesmente tinha ficado sentada ali olhando sem dizer uma palavra. Odiando a ideia de que ele poderia interpretar seu silêncio do jeito errado, ela deixou escapar:

— Você é muito lindo! — Seus olhos se arregalaram com a honestidade sem filtro. Ela jogou a mão sobre a boca e sacudiu a cabeça com vergonha. Desejou que as luzes se apagassem de novo quando o rubor rugiu sobre a sua pele.

Ele sorriu. E isso mudou todo o seu rosto.

64 Laura Kaye

Os olhos dele ganharam vida, reluzindo diversão e felicidade. Covinhas profundas marcaram suas bochechas, revelando uma molecagem que não era aparente nos seus fortes traços masculinos. Ele ergueu uma sobrancelha para ela enquanto o sorriso se tornava pretencioso, tão brincalhão e sexy que fez os dedos dos pés de Makenna se enrolarem na parte externa das coxas dele.

Ela afastou as mãos da boca e as apoiou na firmeza do seu abdome. A brincadeira dele trouxe a dela à tona e, quando ela sentiu a mão de Caden se contrair onde estava presa sobre ela, gemeu e voou em direção a ele.

As emoções de Caden estavam tão espalhadas que ele não conseguia nem catalogá-las. O pânico havia desencadeado um fluxo de adrenalina pelo seu sistema quando as luzes se acenderam. Logo ficou claro que iam continuar acesas e, à medida que o pânico diminuiu — graças, mais uma vez, ao bálsamo calmante do toque suave e do aroma de Makenna —, a frustração com o péssimo momento do retorno da energia fez Caden trincar os dentes enquanto tentava acostumar os olhos à claridade.

A posição da sua cabeça na curva suave do pescoço dela lhe permitiu absorver a nudez sensual de Makenna. E ela era... a pele era cremosa e macia como um pêssego, com mamilos rosados e curvas femininas. Uma via láctea de suaves sardas atravessava a parte superior do seio direito, e Caden engoliu em seco o desejo de saborear aquele trecho decorado de pele com uma longa lambida. A palidez das coxas dela destacava o bronzeado em seu braço de dragão no ponto onde ainda estava encravado entre eles, sua mão desaparecendo sob a bainha da saia puxada. Mesmo por fora do tecido sedoso da calcinha, Caden sentia a umidade quente do seu tesão. A mão dele latejava para retomar os movimentos. Ele queria muito que ela lhe desse a chance.

Caden estava tão perdido no prazer de observar o corpo de Makenna que não percebeu logo de cara que ela estava se afastando até que seu apoio de cabeça desapareceu. Ele respirou fundo e se preparou. Sua mente disparou com a preocupação em relação ao que ela ia pensar dele. Makenna era uma mulher profissional, estudada, altamente inteligente. Enquanto ela era bem ajustada, ele era ansioso e reprimido. Ela parecia elegante em seu terninho cinza com pequenas riscas brancas, enquanto ele nem sequer tinha um terno e raramente usava alguma peça de roupa diferente de calças jeans, exceto quando trabalhava. Sua pele era pura e imaculada, enquanto a dele era tatuada, perfurada por piercings, marcada por cicatrizes. Caden mostrava o passado no corpo; na verdade, ele usava a dor de se tatuar e dos piercings para superar sua culpa de sobrevivente. Ele se encolheu e trincou o maxilar ao se perguntar o que o irmão policial dela pensaria se um dia eles se encontrassem.

Caden desviou os olhos do abdome dela para o rosto quando Makenna se recostou. Inconscientemente, ele levantou os joelhos para dar a ela um apoio melhor, já que ainda estava montada nele. Então observou seu rosto e seus olhos com cuidado, procurando algum sinal, mas não conseguiu decifrar sua expressão.

E Makenna... Makenna era tão bonita. O cabelo que ele já amava tinha um vermelho médio profundo que caía numa massa de cachos soltos sobre os ombros. A maneira como estava dividido criava uma cascata ondulada na testa dela e sobre o canto do olho direito. Suas bochechas ainda estavam coradas pela atividade anterior, mas a pele era pálida e macia como porcelana, o que fazia seus lábios cor-de-rosa se destacarem. Ele achou que ela não estava usando nenhuma maquiagem, e ela nem precisava.

Quanto mais ela o examinava sem dizer nada, mais Caden ficava tenso. Seu pescoço e seus ombros endureceram quando ele forçou os músculos a ficarem parados sob o olhar intenso dela. Ele podia imaginá-la compilando mentalmente todas as suas peculiaridades: "Grande tatuagem tribal cobrindo metade do abdome, grande dragão descendo pelo braço ainda preso entre as minhas coxas, diversos piercings faciais, grande cicatriz feia na lateral da cabeça raspada..." E isso nem era tudo. *Ótimo*, ele quase podia ouvi-la pensando, *o que diabos eu estava beijando?*

Ele prendeu o lado da língua entre os molares e mordeu, usando a dor para se distrair das preocupações. Se ela não dissesse alguma coisa logo...

Seu maxilar despencou quando os olhos dela finalmente se acomodaram nos dele. Mesmo sendo de um azul pálido, eles não eram nem um pouco frios, mas exalavam o mesmo calor que ele já associava à personalidade dela. O peso do olhar dela o prendeu como se o tempo estivesse parando e ele estivesse se equilibrando precariamente à beira de um penhasco, esperando para ver se ia cair ou ser pego pela aceitação dela.

Quando suas palavras finalmente vieram, Caden não conseguiu interpretá-las de cara por serem muito diferentes da rejeição constrangida e educada que ele estava esperando.

Lindo. Muito lindo. Duvido. Mas, Jesus, eu vou aceitar isso, porra.

A vergonha dela com sua explosão liberou toda a tensão de Caden. Ele sorriu até ela se jogar nele e literalmente tirar com beijos o sorriso bobo do rosto dele.

Ele a pegou num abraço e envolveu os braços fortes nos seus ombros delgados e a segurou contra si. Os beijos passaram de urgentes e cheios de desejos para profundos e lânguidos. Ela se afastou para respirar, mas ele não conseguiu resistir a pressionar os lábios nos dela para mais alguns beijos castos.

Ela se afastou dele e baixou o olhar. Então se atrapalhou com as mãos, que finalmente alcançaram a bainha recortada da blusa de seda cor-de-rosa, e puxou as bordas para juntá-las no peito.

Caden inclinou a cabeça para um lado para entender o que os movimentos dela significavam. Ele franziu a testa quando ela cruzou os braços como se estivesse se abraçando e ficou preocupado com seu lábio inferior entre os dentes.

— Ei, Mak...

Do nada, o elevador começou a se mover para baixo. Makenna ofegou. Uma luz piscando atraiu o olhar de Caden. O T redondo estava piscando no painel de botões. Ele percebeu que o elevador estava reiniciando ao voltar para o térreo, algo que um elevador mais moderno teria feito quando a energia caiu.

Ele apertou o bíceps de Makenna.

— Imagino que vamos ter companhia quando essas portas se abrirem — ele disse, olhando para sua roupa desgrenhada.

— Ah, sim, certo — murmurou Makenna. Ela se apoiou nos ombros dele enquanto se levantava. Ele a ajudou a se levantar. Seus movimentos juntos ficaram desastrados e desajeitados e... pareciam totalmente errados. Ele franziu a testa e esfregou a mão na cicatriz quando ela voltou para o "lado dela" do elevador e encarou a parede mais distante para se recompor.

Quando o elevador parou de repente, Makenna olhou nervosa para as portas enquanto alisava o cabelo com as mãos, depois se abaixou para pegar o paletó do terninho.

Tum. Tum.

Makenna soltou um gritinho com a batida inesperada, suas mãos voando até o peito. Ela cambaleou um pouco enquanto tentava calçar um dos sapatos de salto.

Suspeitando, Caden começou a dizer:

— Provavelmente é só...

— Emergência do Condado de Arlington — veio uma voz abafada. — Alguém aí dentro?

Caden respondeu com duas batidas do punho na abertura ainda selada entre as portas.

— Somos dois — disse ele enquanto se inclinava em direção à porta.

— Fique calmo, senhor. Vamos tirá-los daí num minuto.

— Entendido.

Caden olhou para Makenna, preocupado com o notável silêncio que tinha se instalado entre os dois nos últimos minutos.

Ela estendeu a mão, hesitante.

— Hum, desculpa, você está... — Ela apontou para os pés dele.

Caden olhou para baixo e viu que estava em pé sobre a alça de uma das suas bolsas.

— Ah, merda, desculpa. — Ele deu um passo para trás e se abaixou para pegá-la ao mesmo tempo que ela.

Os dois bateram a cabeça um no outro.

— Ai — ambos gemeram.

Enquanto se afastavam um do outro, as portas se abriram aos poucos. Uma plateia de espectadores curiosos olhou para dentro enquanto Makenna e Caden estavam parados ali de pé, com a mão na cabeça, parecendo constrangidos e aliviados e envergonhados ao mesmo tempo.

Makenna se sentiu uma idiota completa, não só por colidir com Caden, mas também porque a tensão ardente atrás de seus olhos lhe dizia que estavam prestes a se encher de lágrimas.

Ela achava que sabia o significado do seu sorriso iluminado e da sua risadinha sensual e daqueles beijos deliciosos. Mas aí ele deu aqueles beijinhos castos que tinham gosto de despedida e não disse nada. Ela tinha dito que ele era lindo — *muito lindo, muito obrigada, e ele era... é, então, sim, tem isso* —, e ele não disse... nada.

Ela sabia que ele ia ficar decepcionado com a aparência dela. Caden era interessante e tenso e um pouco sombrio e exalava uma sensualidade ferida que te dava vontade de melhorar o mundo dele. Makenna só podia imaginar o quanto ela parecia conservadora, entediante, *sem graça* aos olhos dele. Pelo amor de Deus, hoje ela nem estava usando maquiagem. Bem, ela estava usando brilho labial, mas obviamente tinha saído há algum tempo...

Ela respirou fundo enquanto calçava os sapatos apertados. As portas finalmente se abriram. A rajada de ar mais fresco pareceu fantástica na sua pele superaquecida.

— M.J., você está bem? — perguntou Raymond, com o rosto gentil e envelhecido cheio de preocupação.

Ela colocou as bolsas em cima do ombro enquanto exibia um sorriso para o recepcionista do turno da noite do saguão do prédio.

— Sim. Ainda inteira, Raymond. Obrigada.

— Ah, isso é bom, muito bom. Sai logo daí. — Ele estendeu uma mão marrom enrugada como se ela pudesse precisar da ajuda dele para andar.

Três bombeiros estavam em pé atrás de Raymond. A risada deles surpreendeu Makenna. Ela franziu a testa para eles, se perguntando o que diabos eles poderiam achar de engraçado em duas pessoas presas em um elevador durante horas a fio.

— Grayson! — Um deles gargalhava por trás da mão. — Não se preocupe, cara, estamos aqui pra te salvar. — Os outros bombeiros gargalharam.

Makenna olhou por cima do ombro a tempo de ver a cara emburrada de Caden.

— Pode rir, Kowalski. Você é um maldito comediante. — Caden trocou um aperto de mãos com o cara que o provocava. Eles bateram os ombros no típico cumprimento masculino.

Raymond levou Makenna para longe de Caden e seus amigos bombeiros e tagarelou sobre um transformador elétrico que falhou e alguma coisa sobre um cabo subterrâneo secundário e... Makenna realmente não sabia o que ele estava falando porque tentava ouvir a conversa de Caden.

Um dos bombeiros parou de provocar Caden e foi até ela.

— A senhora está bem? Precisa de alguma coisa?

Makenna forçou um leve sorriso.

— Não, eu estou bem. Só com calor e cansada. Obrigada.

— Você bebeu alguma coisa desde que entrou lá?

Sua pergunta fez a garganta de Makenna se apertar. Ela *estava* com sede, agora que ele falou. Fez que sim com a cabeça.

— Eu tinha uma garrafa de água.

— Ah tá. Isso é bom. — Ele virou para Raymond. — Ok, sr. Jackson. Está tudo certo, então. — Os dois homens deram um aperto de mãos. — O oficial dos bombeiros vai estar aqui de manhã para ver esses elevadores.

— Sim, senhor, entendo. Eu já avisei a eles.

O bombeiro contornou Makenna e voltou à conversa animada entre seus colegas e Caden.

— Raymond, pode dar uma olhada nas minhas coisas? Preciso ir ao banheiro.

— Claro, M.J. Pode ir.

Makenna atravessou o saguão, o clique dos saltos contra o chão de mármore soando incomodamente alto. Uma sensação de formigamento na nuca a fez jurar que Caden a estava observando, mas de jeito nenhum ela ia olhar para trás para verificar.

Entrou no banheiro, e a porta se fechou lentamente atrás dela. O espelho atraiu seus olhos de imediato. Ela gemeu com a aparência cansada e despenteada. Os cabelos se enrolavam para todas as direções, rugas vincavam a saia, e o colarinho estava torto pelo jeito como ela acabara de vestir o paletó. Ela balançou a cabeça e entrou num reservado, pensando se Caden ainda estaria lá fora quando ela terminasse ou se ele ia embora com os bombeiros que claramente conhecia. Ela não tinha certeza do que mais temia: ele esperar por ela e o constrangimento entre eles permanecer, ou ele ter ido embora. Seu estômago revirou e se contraiu de nervosismo e fome.

Makenna lavou e secou as mãos e depois segurou a parte de trás do cabelo num rabo de cavalo. Inclinando-se sobre a pia, ela abriu a água fria e tomou longos goles refrescantes diretamente da torneira.

A visita ao banheiro fez com que se sentisse um pouco melhor. Ela respirou fundo ao abrir a porta e voltou para o saguão.

Os colegas dele tinham ido embora, e Caden estava apoiado na mesa de recepção conversando com Raymond.

Ela expirou profundamente. Uma onda de alívio percorreu seu corpo. Ele não tinha ido embora. Havia esperado.

Por outro lado, o que mais um Bom Samaritano faria?

Ele sorriu enquanto ela caminhava até eles, embora esse sorriso não fosse nada parecido com o sorriso que transformou seu rosto depois que ela expressou sua opinião sobre ele. Esse sorriso era tenso e vago. Ela estava preocupada com seu significado.

Argghhh, ela gemeu em silêncio. *Isso é tão ridículo! Como passamos da melhor conversa da minha vida para... isso?* Makenna decidiu que seus medos deviam ter fundamento — ele devia estar preocupado em como dispensá-la depois de... tudo. A profunda sensação de decepção provavelmente era desproporcional, mas ela não conseguiu impedir de senti-la. Ela se afundou sob o peso disso.

Caden se atrapalhou para pegar as bolsas para ela. Makenna agradeceu enquanto as pegava uma a uma e as levava ao ombro. Eles se despediram de Raymond e logo estavam numa calçada larga no pequeno enclave urbano de Rosslyn, do outro lado do rio no coração de Washington, D.C. O ar da noite estava frio, refrescante. No fim do quarteirão havia uma fileira de quatro caminhões da companhia de energia parados, com as luzes amarelas girando e piscando.

— Hum... — começou Makenna, quando ele disse:

— Bom...

Os dois riram.

Caden pigarreou.

— Onde você estacionou?

— Ah, eu pego o metrô. São só dois quarteirões naquela direção. — Makenna apontou para trás dela.

Caden franziu a testa.

— Isso é uma boa ideia?

— Ah, sim. Vou ficar bem.

— Não, sério, Makenna. Não gosto da ideia de você andar até o metrô e esperar na estação sozinha a esta hora da noite.

Makenna deu de ombros, sentindo-se acolhida com a preocupação dele.

— Deixa que eu te levo pra casa. Meu jipe está no fim da rua.

— Ah, bom, eu não quero...

Ele se aproximou e segurou a mão dela. Seu toque proporcionou quase tanto alívio quanto a água antes.

— Não vou aceitar não como resposta. Não é seguro você andar por aí a esta hora sozinha. Vamos. — Ele a puxou suavemente, ainda deixando que ela se decidisse.

— Ah... ok. Obrigada, Caden. Não é muito longe.

— Eu sei. — Ele entrelaçou seus grandes dedos nos dedos pequenos dela. — Não ia importar se fosse.

Makenna olhou para o perfil dele e sorriu. Ele era muito mais alto que ela, e ela gostava de homens altos. Ele olhou para ela e apertou sua mão.

Caden a conduziu pela esquina do prédio até uma rua lateral. Ele parou num jipe preto brilhante sem capota e abriu a porta para ela.

— Obrigada. — Makenna estendeu a mão para dentro e colocou as bolsas no chão do assento do passageiro em cima de uma luva de beisebol. Sua saia tornou um pouco difícil subir e entrar. Ela corou quando puxou um pouco para cima.

Caden fechou a porta e, um instante depois, ocupou o assento do motorista. O jipe rugiu e ganhou vida. Makenna se apoiou na porta quando Caden fez uma curva em U para sair da vaga. A brisa capturou fios do seu cabelo e os fez dançar pelo seu rosto. Ela rapidamente juntou os fios na mão para evitar que voassem demais.

— Me desculpe — murmurou Caden quando virou na rua em frente ao prédio. — Ando sem capota sempre que posso — disse ele em voz baixa. — É mais aberto. — Ele encolheu os ombros.

Quando Makenna percebeu o que ele estava lhe dizendo, abriu a boca. Mas não conseguiu encontrar as palavras para dizer o quanto o achava corajoso. Então apenas disse:

— Tudo bem. O vento está ótimo.

Logo eles estavam voando pela Wilson Boulevard, com a fileira de sinais de trânsito verdes e a maioria das ruas vazias tornando a viagem mais rápida que o habitual. Sentada à direita dele, Makenna teve a primeira oportunidade de realmente ver a extensão da longa cicatriz em forma de lua crescente que começava em cima da orelha de Caden e descia até a linha do cabelo no pescoço. Com as luzes piscantes da rua, ela percebeu que o tecido da cicatriz não tinha cabelo, fazendo com que a curva se destacasse contra o marrom--escuro que a cercava.

Caden deve ter sentido seu olhar, porque olhou para ela e deu um sorriso torto que fez seu estômago se apertar de desejo e decepção porque a noite dos dois estava a um passo de terminar.

Poucas curvas rápidas depois, o jipe parou na entrada circular do seu condomínio. Makenna apontou para a entrada das residências, e Caden parou num espaço adjacente à porta do saguão.

Mal dava para ouvir o som geralmente calmante da fonte central borbulhando com o som do jipe em marcha lenta. Makenna respirou cansada enquanto o peso do dia pressionava suas costas no confortável assento de couro.

Era hora de dizer adeus.

7

Caden não parou de se xingar desde que ela desaparecera no banheiro. De alguma forma, ele tinha estragado tudo com Makenna. Agora ela estava agindo de maneira distante e vaga, e até um pouco tímida perto dele. E, apesar de não a conhecer por muito tempo, tudo isso não parecia característico da Makenna que ele passou a conhecer e... realmente gostar. A Makenna *dele* era quente, aberta e confiante. Ele tinha a sensação de ter feito alguma coisa que cortou suas asas. E estava puto demais consigo mesmo, especialmente porque não sabia o que fazer para consertar isso.

E estava ficando sem tempo.

Pelo menos ela deixou que ele a levasse de carro para casa. Ele passou o caminho todo pensando no que dizer e como dizer. O olhar dela não ajudava sua concentração. Não havia como evitar a visão clara que ela teria da feiura de sua cicatriz. A cirurgia plástica quando ele tinha quinze anos suavizou a pior parte da marca e restabeleceu muito de uma linha natural do cabelo na nuca, mas ainda era grande e óbvia, e muitas vezes deixava as pessoas desconfortáveis quando o conheciam porque era difícil desviar o olhar. Não ajudava em nada o fato de a linha curva e fina de pele danificada não permitir que o cabelo crescesse, o que a destacava ainda mais. Ele pensava nessa maldita coisa como sua primeira tatuagem — ela certamente se destacava tanto quanto a pintura colorida.

Mas ele a deixou dar uma boa olhada. Porque sua aparência não era normal e nunca seria. E, embora ela parecesse aceitar tudo o que ele havia revelado até agora, ele sabia que podia ser um peso muito grande. Ele queria que ela tivesse certeza. Então, simplesmente sorriu para ela. E aliviou a tensão segurando com força a alavanca de câmbio com a mão direita.

Havia pouco que ele podia fazer para prolongar a viagem até o condomínio dela. Mesmo no tráfego do meio do dia, o percurso não levava mais de quinze minutos de Rosslyn até Clarendon. E, é claro, quando ele não teria se importado de encontrar alguns sinais de trânsito vermelhos, todos eles estavam verdes.

Com o jipe em marcha lenta no meio-fio, Caden se ajeitou no assento.

— Makenna, eu...

— Caden... — começou ela ao mesmo tempo.

Ambos deram um sorriso fraco. Caden engoliu um suspiro. O cabelo de Makenna foi soprado pelo vento ao redor dos ombros e seus olhos pareciam cansados, mas ela era linda pra caramba.

— Você primeiro — ele disse. *Seu covarde de merda.*

— Obrigada pela ótima companhia de hoje à noite. — Ela lhe deu o primeiro sorriso verdadeiro.

A esperança encheu o peito dele.

— O prazer foi meu, Makenna.

Ela acenou com a cabeça e estendeu a mão para pegar as alças das bolsas com uma das mãos enquanto a outra foi para a maçaneta da porta. O maxilar de Caden trincou.

— Certo, então, acho... boa noite, então. — Ela segurou a maçaneta e abriu a porta.

Ele sentiu um frio na barriga. Makenna se moveu e saltou para a calçada, depois virou para pegar as bolsas. *Porra, Caden, faz ela parar. Fala pra ela.*

— Eu queria...

76 Laura Kaye

Ela bateu a porta, abafando as palavras dele, e se apoiou na janela aberta. Ele jurou que ela parecia triste, mas não tinha certeza, porque não conhecia suas expressões faciais o suficiente para interpretá-las. Ainda. *Por favor, deixe existir um "ainda".*

— Tudo bem. Eu entendo.

Caden ficou boquiaberto, depois pressionou os lábios numa linha apertada. *Entendo? Entendo o quê?*

Ela deu duas batidas no interior da porta.

— Obrigada pela carona. Até mais.

— Hum, imagina. — Ele passou a mão na cicatriz enquanto ela se virava, colocava as bolsas sobre o ombro e atravessava a calçada larga em direção ao saguão envidraçado bem iluminado.

Hum, imagina? HUM, IMAGINA?

Quando ela estava quase na porta, Caden colocou o jipe em primeira e afundou o pé no acelerador. Ele saiu para a rua. A crescente distância de Makenna parecia tão absurdamente errada que Caden parou no meio da rua e olhou para trás por cima do ombro.

Makenna estava de pé no saguão. Olhando para ele.

Ele resmungou. *Foda-se.*

Caden engatou a marcha a ré. Os pneus cantaram no asfalto enquanto ele arrancava o veículo de volta para o local. Ele andou para a frente com a mesma falta de jeito para endireitar o carro. Arrancou as chaves e desligou os faróis com um tapa, e jogou o corpo contra a porta, que bateu com força.

Contornando a parte de trás do jipe, ele encarou Makenna — encarando não tanto ela, mas sua própria idiotice por não ter consertado as coisas antes dos malditos quarenta e cinco minutos do segundo tempo.

Os olhos dela se arregalaram. Seus lábios congelaram em algum lugar entre um sorriso e um O. Ela empurrou e segurou a porta aberta para ele.

E ele queria, por tudo que era mais sagrado, estar interpretando corretamente o desejo no rosto dela.

Ele invadiu o espaço de Makenna, pressionou seu corpo contra o dela, prendendo-a contra o vidro da porta atrás dela, mergulhou as mãos em seus cabelos até segurar sua nuca e devorou seus lábios com os dele.

Ele gemeu pela delícia de tocar outra vez nela desse jeito. Era a primeira vez que alguma coisa parecia certa desde que ele a pôs no colo no elevador.

A expectativa roubou a respiração de Makenna — e depois Caden fez o mesmo com seu potente beijo. *Ai, meu Deus, ai, meu Deus, ai, meu Deus, ele voltou! Ele voltou!*

Sua língua exigente tinha um gosto maravilhoso, e seu piercing espetava o lábio dela de um jeito delicioso pela maneira agressiva como ele a buscava mais e mais. Suas mãos puxaram e massagearam os cabelos e o pescoço dela. Ele simplesmente a cercou. A diferença na altura fazia Caden se debruçar sobre ela. O modo como ele forçou sua cabeça para trás a obrigou a se abrir para ele. Com a maçaneta metálica da porta imprensada em suas costas, ela se sentiu completamente envolvida por ele, pelo seu ardor, pelo seu aroma. O mundo sumiu. Havia apenas Caden.

A mão dela segurava sua camiseta preta. Ele se aproximou ainda mais. Eles ofegavam. Os corpos oscilavam um contra o outro. Ela gemia com a possessividade da sua pegada. Não havia nada de tímido ou hesitante ou duvidoso na maneira como ele estava lidando com ela. Makenna se sentiu reivindicada. Ela se sentiu eufórica.

Um som provocante entre um ronronado e um rosnado saiu do fundo da garganta dele. Suas mãos continuaram a segurá-la, mas ele apoiou sua testa na dela e afastou os lábios.

— Me desculpa. Eu não podia te deixar ir.

— Não se desculpe por isso — ela balbuciou e engoliu em seco. — Nunca se desculpe por isso.

— Makenna...

— Caden, eu...

Ele colocou os lábios sobre a sua boca, o nariz dos dois se esmagando. Desta vez, o som era claramente um rosnado.

— Mulher — ele disse contra os lábios dela —, você pode me deixar falar agora?

O desejo e a frustração na sua voz a fizeram sorrir. Ela fez que sim com a cabeça. Seus lábios se curvaram contra os dela, e ele a beijou de novo, deu uma série de selinhos em sua boca.

Quando ele finalmente começou a falar, Makenna estava se sentindo um pouco tonta. Seu hálito era doce no rosto dela. A barba malfeita raspava em sua bochecha. Ele a penetrou com aqueles profundos olhos castanhos, prendendo-a de todas as formas possíveis.

— Eu nunca... você é simplesmente... — Ele soltou um suspiro. — Ah, que inferno. Eu gosto de você, Ruiva. Quero estar com você. Quero que você discuta um pouco mais comigo. Quero deitar nos seus braços outra vez. Quero te tocar. Eu... eu simplesmente...

A esperança e a felicidade encheram e aqueceram o peito dela. Ele tinha voltado por ela. Ele a desejava.

Sorrindo, Makenna estendeu a mão para trás do pescoço e pegou a dele. Caden hesitou em soltá-la, mas finalmente a deixou puxar sua mão até seus lábios, e ela deu um grande beijo de boca aberta na cabeça do dragão. Ela sorriu para ele.

— Vamos lá pra cima — sussurrou ela. — Faço uma omelete razoável. E estou morrendo de fome.

O sorriso *dela* finalmente voltou a iluminar o rosto dele. Caden apertou a mão dela e beijou sua testa.

— Maravilha. Com certeza, eu vou comer.

Quando Caden se afastou para permitir que ela voltasse ao saguão, Makenna imediatamente sentiu falta do intenso calor do seu corpo contra o dela. Deu um gritinho quando ele segurou suas bolsas, fazendo-a recuar um passo.

— Deixa comigo — ele disse, enquanto puxava as alças e as colocava sobre o ombro.

Meu Bom Sam.

Por hábito, ela foi até o painel dos elevadores e apertou o botão. A esta hora da noite, a porta apitou e se abriu de imediato. Ela virou para analisar a reação de Caden antes de entrar.

Ele revirou os olhos e fez um gesto para ela ir em frente, resmungando em voz baixa.

Makenna estava feliz porque as coisas estavam acontecendo de forma tão diferente do que ela temia só quinze minutos antes. Sua alegria borbulhava. Ela explodiu numa gargalhada, depois pegou a mão dele e o puxou para o segundo elevador da noite.

— Vamos. Um raio não cai duas vezes no mesmo lugar. Geralmente.

Ela apertou o botão do quarto andar e se aninhou nele e passou o nariz no seu peito. Ele acariciou seus cabelos, e ela se derreteu.

O elevador chegou ao andar e se abriu para um espaço retangular com corredores que seguiam em direções opostas. Ela conduziu Caden para fora e para a esquerda, até a quinta porta à direita.

— Chegamos.

Ela enfiou a mão na bolsa aberta ainda no ombro dele e encontrou o chaveiro, depois se virou e abriu a porta. Sorrindo para ele por sobre o ombro, ela entrou no apartamento e acendeu a luz do corredor, que iluminou a pequena cozinha bem arrumada. Então caminhou até a bancada da cozinha e jogou as chaves, depois voltou e livrou Caden das suas bolsas, que também colocou na bancada.

Deslizando a mão no pescoço dela, ele a beijou de novo. De um jeito delicado, adorável.

— Você se importa se eu usar seu banheiro?

— Claro que não. — Ela apontou para trás dele. — Segue por esse corredor. Vou tirar as roupas de trabalho.

— Valeu. — Ele roçou a bochecha dela com seus grandes dedos. Ela se inclinou ao toque. Então ele virou e se afastou.

Makenna flutuou pelo pequeno apartamento até o quarto. Entrou tropeçando no closet, chutando os sapatos, e tirou as roupas amarrotadas e sujas. Ela soltou um profundo suspiro de alívio quando finalmente ficou nua. A ideia de um banho frio criou raízes na sua mente e parecia tão deliciosa que ela finalmente cedeu. Prendeu os cabelos no topo da cabeça para mantê-los secos e ficou de pé por um instante enquanto a água descia sobre ela. Finalmente, pegou seu sabonete Ivory e o passou rapidamente sobre a pele. Minutos depois, estava de volta ao closet e se sentindo muito mais como um ser humano.

Pegou um belo conjunto lilás de sutiã e calcinha, com muita vontade de que ele realmente o visse, depois deslizou para dentro de um par de calças cinza de ioga e uma blusa lilás macia com decote em V. No banheiro, escovou os dentes e prendeu os cabelos de novo em um rabo de cavalo. Ela estendeu os braços sobre a cabeça e se deleitou ao se sentir mais confortável do que tinha estado nas últimas horas.

Quando voltou para a sala de estar adjacente, encontrou Caden examinando o quadro de fotos de família. Ela fez uma pausa e se apoiou no canto da parede por um instante, só curtindo a vista dele vagando pelo seu apartamento. Ele havia tirado as meias e os sapatos e agora andava descalço, com a bainha desgastada da calça jeans azul se arrastando pelo chão. Makenna estava realmente satisfeita por ele ter ficado à vontade no espaço dela.

— Está gostando do que vê?

O rubor rugiu pelas bochechas dela. Makenna riu e pensou em como responder. Era tarde, ela estava cansada e *estava* interessada. Assim, deixou o cuidado de lado — afinal, ele tinha voltado para ela.

— Sim, muito.

Ele olhou por cima do ombro e lhe deu um sorriso de lado que a chamava para ficar ao lado dele. Ela olhou para a coleção de fotos que ele estava admirando.

— Esses são os meus irmãos. — Ela apontou para cada um enquanto dizia o nome. — Esse é o Patrick. Ian. E esse é Collin. E eu, é claro.

— Você não é a única Ruiva da família, pelo que vejo.

Makenna riu.

— Hum, definitivamente não. Só que o cabelo do Patrick e do Ian é mais castanho que o meu. E o Collin teve que aguentar ser chamado de "Cabeça de Cenoura" na escola. — Ela apontou para outra imagem. — O ruivo foi culpa da minha mãe, como você pode ver. — Ela observou Caden estudando a foto da mãe segurando Makenna no colo apenas alguns meses antes de morrer. Era sua preferida, porque a semelhança familiar era muito óbvia. Seu pai falava o tempo todo que ela era exatamente igual à mãe.

Perdida na imagem por um instante, ela ficou surpresa quando a mão de Caden puxou seu rabo de cavalo. Ficou ainda mais surpresa quando seu cabelo se espalhou sobre os ombros.

— Desculpa — ele murmurou enquanto passava os dedos nos cachos soltos. — Passei toda a noite pensando em tocar seu cabelo.

Seu rubor voltou, agora mais suave. O fato de ele ser direto era uma das suas coisas preferidas. Ela não tinha certeza do que responder, por isso fechou os olhos e só curtiu o toque dos seus dedos fortes. Depois de alguns instantes, abriu os olhos e o encontrou olhando fixamente para ela. E sorriu.

— Isso é bom. Mas você vai me fazer dormir.

O sorriso dele fez seus olhos se enrugarem e brilharem.

— Não seria tão ruim se você dormisse comigo de novo.

Makenna colocou as mãos nas bochechas quando as sentiu ficarem quentes outra vez. Sua pele pálida mostrava tudo. Ela pegou a mão dele e deu um beijo na palma.

— Vem, eu prometi te alimentar.

Caden estava extasiado por ter interpretado corretamente que Makenna queria que ele voltasse para ela. Ele teve que parar de beijá-la no saguão porque sua imaginação já o tinha levado para dentro dela contra as janelas. E não queria que ela pensasse que ele só tinha voltado pelo sexo.

Ele queria sexo. Era verdade. A calça apertada e a blusa que enfatizava a firmeza e a redondeza dos seus seios abundantes não ajudaram com esses desejos. Mas ele também queria uma chance.

Ali no apartamento dela, sentindo-se tão acolhido e desejado, ele estava quase pronto para acreditar que ela lhe daria uma.

Ainda segurando a mão dele, ela os conduziu até a cozinha.

— Pode se sentar no bar, se quiser. Quer alguma coisa pra beber?

— Eu adoraria beber algo — ele disse —, mas não preciso sentar. Posso ajudar. — Ele observou Makenna se movendo pela cozinha e admirou a forma como sua roupa casual destacava suas curvas femininas.

Ela se virou e sorriu para a oferta, depois colocou uma tábua de cortar e uma faca afiada na frente dele.

— Pode me ajudar a cortar, então. O que você gosta de colocar na omelete? — Ela listou o que tinha. Eles decidiram por presunto e queijo. A Coca-Cola efervescente e gelada que ela deu a ele aliviou sua garganta seca.

Caden cortou o presunto enquanto Makenna quebrou os ovos numa tigela de vidro e bateu. Ele gostou muito de trabalhar com ela na cozinha. Parecia normal. E normal não era algo que ele tivesse muito na vida.

Makenna olhou para ele. Ambos sorriram. Ele cortou. Ela mexeu. Então ele deu uma espiada nela. Os dois riram.

Caden estava se divertindo com ela, gostando do flerte e do silêncio agora tranquilo entre eles. Mas era difícil não tocar nela. Seus dedos ansiavam para colocar os cabelos dela atrás da orelha. Seu traseiro parecia tão bom de dar um tapinha naquela confortável calça de algodão. Quando ela corou, os lábios dele desejaram sentir o calor nas suas bochechas. No entanto, ele sabia que, se a tocasse, não seria capaz de parar. Então ocupou as mãos com sua contribuição para a refeição.

Makenna enxugou as mãos numa toalha e se inclinou. O som de metal deixou claro que ela estava procurando uma panela. Mas

Caden só conseguia se concentrar na forma como suas nádegas se inclinavam para ele do jeito como ela estava curvada. Ele tomou outro grande gole de Coca-Cola, mas manteve os olhos nela.

Ela resmungou e se levantou, depois colocou as mãos nos quadris.

— Ah, aqui está — disse ela. Makenna caminhou até a pia e abriu a torneira. — Droga! — Alguma coisa bateu no chão.

Caden riu do pequeno show que ela nem percebeu que estava dando para ele. Mas seu humor morreu na garganta quando ela se curvou outra vez, recuperando o anel que aparentemente tinha tirado e deixado cair.

Ele não conseguiu evitar. Todo o foco no traseiro dela o deixou duro de novo. A noite dos dois juntos acabou por ser uma longa e deliciosa provocação, mas agora eles estavam seguros e aconchegados e sozinhos no apartamento dela, preparando de maneira tão confortável e íntima uma refeição. E ele estava ficando louco de desejo.

Colocando o pequeno anel de prata no balcão, Makenna colocou um pouco de detergente na frigideira e a esfregou rapidamente. Caden pegou a toalha do balcão e parou bem atrás dela. Ele envolveu os braços ao redor dela e tirou a panela de suas mãos, depois a secou depressa e a colocou de lado na bancada. Makenna fechou a torneira.

Caden apoiou as mãos na borda da pia dos dois lados do corpo dela e se pressionou contra ela. Inclinando-se ao redor dela, ele mordiscou e beijou seu pescoço e seu maxilar. Ela gemeu e empurrou seu pequeno corpo contra o dele.

Ele não foi tão ousado a ponto de roçar a ereção nela, mas ela a sentiu claramente quando se lançou para trás, porque ofegou e apertou a borda da pia diante dela.

Caden não conseguiu parar. O calor do corpo de Makenna contra o dele, ali, tornou impossível ele querer qualquer coisa além dela por inteiro. Ele tinha que possuí-la.

Ele tinha que possuí-la naquele momento.

8

A atmosfera repentinamente eletrizada na cozinha reverberou na pele de Makenna.

— Makenna — sussurrou Caden no pescoço dela enquanto envolvia os braços ao seu redor.

Makenna não conseguiu conter o gemido que escapou dos seus lábios abertos. O abraço estava tão bom, ainda mais quando ele deslizou um braço para cima até envolver seus seios e o outro para baixo até a mão agarrar seu quadril. Ela adorava o jeito como ele usava o poder da sua pegada para controlar o movimento dos corpos.

Senti-lo duro e cheio de vontade atrás dela a deixou louca de desejo. Seu corpo se preparou imediatamente. Ela esfregou as coxas quando a umidade se instalou na calcinha.

Com uma das mãos, Caden agarrou seu maxilar e puxou sua cabeça para a direita. Então, reivindicou a sua boca, chupando seus lábios e a explorando com a língua. Ela o deixou liderar, adorando o quanto ele era controlador. Ele não era bruto, mas pegava o que queria. E ela estava disposta a dar tudo a ele.

Makenna estendeu a mão para trás e segurou o quadril de Caden, seus dedos se estendendo ainda mais para se apoiarem no músculo apertado do traseiro dele. Então, só para garantir que suas intenções estivessem claras, ela agarrou a bunda dele e o puxou para si. Ela engoliu o gemido dele enquanto os beijos ficavam mais urgentes, mais desesperados.

Quando ele dobrou os joelhos e roçou os quadris na bunda dela, Makenna gritou... um som que ele prolongou apertando seu seio e esfregando seu mamilo várias vezes com a base do polegar.

Minutos se passaram enquanto os dois se esfregavam um no outro no abraço firme dos braços fortes de Caden. Seus calorosos beijos molhados eram lânguidos e estonteantes. Suas respirações rápidas e gemidos no fundo da garganta pareciam um idioma que o corpo dela entendia, ao qual reagia e precisava ouvir repetidas vezes.

Suas mãos tremiam com a necessidade de tocar nele. Finalmente, ela estendeu a mão livre e a enrolou na nuca de Caden para poder acariciá-lo de maneira encorajadora. Ele interpretou seus movimentos corretamente. Seus beijos ficaram mais rápidos, mais fortes.

Quando os lábios dele foram para o maxilar dela, depois para a orelha, a garganta, seu peito arfava e o corpo doía de desejo.

— Por favor — Makenna finalmente implorou.

Ela tentou se virar nos braços dele, mas ele a agarrou com mais força apenas por um instante. E depois cedeu, soltando seu aperto o suficiente para ela se mover. Makenna gemeu de alívio quando conseguiu envolver os braços completamente no pescoço dele e puxá-lo para si. Caden a manteve presa contra a bancada, mas ela se divertiu com a pressão forte, porque permitia que ela atormentasse sua evidente ereção empurrando os quadris e contorcendo o abdome.

As mãos dele criaram uma provocante e ardente trilha dos seios dela para as laterais do estômago até os quadris, e de volta. Ela se contorceu sob seu toque e precisava de mais. Precisava sentir na pele.

Makenna recuou os braços e encontrou a bainha da própria blusa. Ele afastou o corpo do dela o suficiente para permitir que eles trabalhassem juntos para tirá-la. Ela deixou a blusa cair no chão, aliviada por sentir as mãos grandes explorando sua pele com tanto entusiasmo.

Os olhos de Caden vasculharam o que ela havia revelado para ele. Makenna corou com a intensidade da sua observação.

— Ah, Ruiva, você é tão bonita.

O coração de Makenna explodiu com a afirmação dada por suas palavras. Qualquer insegurança em relação à sua normalidade que ela ainda pudesse ter guardada no fundo da mente desapareceu completamente com a exclamação dele.

Caden desceu a cabeça até o peito dela e lambeu e mordiscou e beijou ao longo da borda rendada do sutiã. Enquanto ele golpeava o seio coberto com a língua rígida, seus braços se estenderam para trás dela. O sutiã se soltou sobre os braços deles e logo se juntou à blusa em algum lugar do chão.

O gemido de Makenna foi alto e exigente quando ele envolveu seus seios e se alternou chupando um mamilo e depois o outro. As mãos dela voaram para a cabeça dele. Ela o segurou ali enquanto arqueava as costas para lhe oferecer um acesso melhor. Sua boca a estava enlouquecendo. Nunca alguém dedicou tanta atenção aos seus seios, e ela certamente nunca se sentira tão fraca e devassa com isso. Ela desceu a mão pelas costas dele e puxou a camisa preta até suas omoplatas.

— Tira — exigiu ela enquanto puxava.

Ele estendeu a mão para trás, seus lábios ainda devorando um mamilo, e arrancou a camisa, afastando a boca só quando foi absolutamente necessário.

— Ai, meu Deus — ela murmurou com prazer enquanto seus olhos examinavam o peito largo.

Havia muito mais nele do que ela havia visto no elevador. A grande tatuagem tribal que se enroscava no lado esquerdo do abdome acompanhava uma linda rosa amarela aberta no músculo peitoral superior esquerdo. O dragão subia pelo antebraço direito, depois a pele não tinha marcas até seus olhos alcançarem o topo do bíceps, onde um emblema vermelho de quatro pontas se juntava a um pequeno hidrante, um gancho e uma escada em torno de um número sete dourado. A pele bronzeada revelava a quantidade de tempo que ele devia ter passado sem camisa sob o sol do verão e fazia as cores vibrantes das tatuagens se destacarem ainda mais.

A primeira impressão que ela teve estava certíssima — ele era muito lindo. Ela queria explorar cada centímetro de Caden, rastrear todos os músculos sulcados e todas as tatuagens com os dedos e a língua.

A boca de Makenna foi direto para a rosa. Suas mãos apertaram os músculos firmes nas laterais dele. Caden enfiou os dedos nos cabelos dela e a puxou para si. A língua dela percorreu a borda de uma das pétalas amarelas inferiores antes de descer e encontrar o mamilo dele, que ficava bem na altura natural da sua boca.

— Que delícia — disse ele com a voz rouca. E deu um beijo no cabelo dela.

Makenna passava o polegar de um lado para o outro sobre a pele que ela havia molhado, para poder dar atenção ao outro mamilo também. Ele gemeu com o toque provocante. Ela sorriu por se vingar da deliciosa tortura que ele provocara nela mais cedo.

A pele dele era tão boa sob seus dedos, e o gosto era ainda melhor — só um pouco salgada pelo calor que eles tinham sentido no elevador. Ela os imaginou juntos no chuveiro, usando suas próprias mãos nuas e ensaboadas para lavar o dia dele. Um sorriso se formou onde seus lábios ainda estavam encostados no peito dele. *Outra hora*, pensou ela. *Por favor, que haja outra hora.*

Toda essa lenta exploração aumentou seu desejo. A fenda entre as suas pernas estava molhada e latejante. Seu corpo implorava pelo alívio do toque dele. E ela esperava e rezava para que o corpo dele estivesse fazendo os mesmos apelos.

Ela sugou o mamilo direito dele e moveu a língua ali até ele apertar seus cabelos. Ela não sabia se ele a estava segurando ou tentando afastá-la. Talvez ambos. Mas, de uma forma ou de outra, sabia que ele tinha gostado, porque ele grunhiu e jogou os quadris na direção dela.

Experimentalmente, ela afastou os dedos que provocavam os mamilos e desenhou círculos preguiçosos sobre o abdome, curtindo a forma como seus músculos estremeciam e se contraíam sob o leve toque. Sua respiração se acelerou quando os dedos dela giraram na linha de pelos castanhos que desaparecia sob a cintura. Sem parar, ela seguiu mais para baixo por cima da calça jeans e envolveu seu considerável volume com a palma da mão.

— Jesus — ele gemeu, e apertou o ponto onde ela estava esfregando.

Os dedos dele voltaram para os seus mamilos. Ela ganiu e inclinou a cabeça para trás para olhar para ele. Os olhos de Caden ardiam. Ele se inclinou para a frente e pressionou os lábios nos dela, depois empurrou a língua para dentro da sua boca.

Ela parou de esfregá-lo e passou a apertá-lo por cima da calça jeans.

— Makenna — disse ele, a voz suave e sedutora —, eu te quero demais. — Ele recuou até eles poderem se olhar, depois estendeu a mão e prendeu o cabelo dela atrás da orelha. — O que você quer?

Relutante, ela afastou a mão que o acariciava e com as duas mãos envolveu seu rosto.

— Tudo. Eu quero tudo com você.

O sangue latejava pelo corpo de Caden. Seus sentidos estavam em chamas — o cheiro incrível dela, os sons dos gemidos e ganidos exigentes, a sensação acetinada da sua pele sob os seus dedos, o gosto salgado e doce da sua carne. Enquanto a beijava e tocava, ele a observava atento, ansioso para saber do que ela gostava, encontrando prazer no que dava prazer a ela.

Mas, quando ela começou a explorá-lo, ele achou que fosse surtar. Ela puxou sua camisa, pedindo silenciosamente para ele tirá-la, o que ele fez de muito bom grado, e ela começou a devorar

Amor na escuridão **89**

a pele do seu peito depois de absorvê-lo com os olhos. Todos os movimentos da boca e das mãos dela eram brincalhões e sensuais e faziam o corpo dele latejar, implorar por mais.

E ela tinha dado a ele. A pressão da mão pequena e forte sobre sua ereção era irresistível. Ele não se impediu de usar a incrível fricção da qual precisava tanto e ela tão voluntariamente providenciou.

E aí Makenna confirmou que também o desejava da mesma maneira que ele a desejava. As palavras dela ressoaram por todo lado — uma satisfação procurada há tanto tempo acalmou a sua mente, e um calor reconfortante encheu o seu peito. Esses sentimentos eram magníficos, vitais — e mais do que ele jamais esperava viver.

Naquele momento, no entanto, foi seu pau que mais reagiu às palavras dela, à satisfação que elas prometiam. E, como se suas palavras não fossem suficientes, ela deixou cair as mãos que carinhosamente seguravam seu rosto e enganchou os dedos da mão direita na cós da calça dele, depois virou e os conduziu para fora da cozinha.

Caden sorriu dos seus métodos e a seguiu ansioso enquanto ela o guiava passando pela pequena mesa de jantar, pela sala de estar e para dentro do seu santuário mais particular. O quarto era quadrado e mal-iluminado, a luz distante da cozinha e a lua filtrada através das cortinas finas forneciam a única iluminação.

Ela virou para encará-lo, mas não soltou os dedos. Em vez disso, juntou a outra mão e abriu a linha de botões com facilidade. Olhando nos olhos dele, ela empurrou o tecido pesado da calça jeans do seu quadril, ao mesmo tempo que enfiou a outra mão por dentro da confortável cueca boxer até agarrá-lo com a pele nua.

A boca de Caden se abriu com a sensação excitante dos dedos suaves acariciando seu volume duro. Ele prendeu o olhar dela, implorando com os olhos para ela continuar.

— Porra. O que você está fazendo comigo? — Ela não sabia, mas a pergunta era sobre muito mais do que os maravilhosos movimentos da sua mão pequena.

Quando ela puxou a calça jeans com a mão livre, Caden rapidamente empurrou a calça e a cueca para baixo do quadril. Ele seguiu o seu olhar enquanto ela o admirava. Sua mão ficava linda o acariciando. Ele teve que fechar os olhos a essa imagem erótica para conseguir ter mais controle — ele queria que isso continuasse por muito tempo. E ela estava o instigando.

Ela soltou um gemido que o fez abrir os olhos de novo. Ele não era o único que se contorcia com a imagem da mão dela segurando o seu pênis. A boca de Makenna permaneceu aberta. Um rubor se expandiu pelo seu peito nu arfante. A cada poucos segundos, sua língua disparava sobre o lábio inferior.

Do nada, ela agarrou seu volume com mais firmeza e envolveu uma das mãos em sua cintura, depois os levou de costas até as pernas dela baterem na cama. Ela se sentou e o puxou mais um passo para perto, até a virilha dele estar na altura do seu rosto.

Caden ficou boquiaberto. O desejo nunca pareceu tão bonito quanto quando ela elevou os olhos para ele e sugou a cabeça entre seus lábios cor-de-rosa. Ele ofegou quando o calor úmido o envolveu.

— Jesus, Makenna...

Ele fechou e abriu as mãos e ficou surpreso quando uma das mãos dela encontrou a dele. Ela puxou a palma da mão dele até sua cabeça. Recuando dele só por um instante, ela disse:

— Me mostra do que você gosta.

Sua oferta o surpreendeu, e ele cresceu na sua boca. O desejo o levou a retorcer os dedos nos cabelos dela. Mas não havia nada que ela estivesse fazendo que ele não adorasse.

— Confia em mim, baby, você sabe o que está fazendo. Não consigo acreditar... sua boca é a perfeição.

Ela gemeu ao redor do seu volume. Ele estremeceu com a sensação. A sucção da sua boca e os movimentos provocantes de sua língua derreteram as entranhas dele. Ele se entregou ao impulso e aplicou uma leve pressão na parte de trás da cabeça dela com o punho. Mas resistiu a se enfiar todo na sua boca, não porque o corpo não estivesse gritando por isso, mas porque queria deixá-la conduzir e não queria terminar desse jeito. E ele estava caminhando em uma linha muito tênue.

Tênue demais, na verdade.

Se ele não a fizesse parar agora, não seria capaz de resistir ao prazer que ela arrancava dele. Ele puxou o cabelo dela, pedindo gentilmente para ela parar.

Makenna o soltou e olhou para cima com os lábios úmidos e brilhantes e um sorriso satisfeito. Ele sorriu, depois se inclinou e a beijou.

Ainda atacando a boca dela, Caden caiu de joelhos e suas mãos pousaram nas coxas dela. Depois de um instante, ele caminhou os dedos até a cintura.

— Levanta — ordenou ele.

Depois de ter tirado a última peça de roupa dela, ele se recostou e bebeu da beleza de sua feminilidade. Muito deliberadamente, ele passou o olhar sobre ela, sobre as intumescências arredondadas e rechonchudas dos seus seios que subiam e desciam, pela suave curva da barriga de porcelana, até o tufo de cachos vermelhos úmidos no topo de seu sexo.

O coração de Makenna martelava contra o esterno. Cada progressão das ações dos dois fazia seus nervos ficarem mais tensos e a preparava ainda mais entre as coxas. Como ela o tinha em seu quarto e nas mãos, sabia que tinha que prová-lo.

Ela se refestelou com o peso quente e grosso dele em sua boca, com a maneira como o seu maxilar caiu de prazer e com o gemido profundo que encheu o quarto na primeira vez que ela o levou até o fundo da garganta. O fulgor nos olhos dele era tão intenso quando ela olhou para cima que a deixou mais excitada. Makenna queria dar a Caden o prazer que ele estava dando a ela a noite toda. E, quando notou uma cicatriz irregular de dez centímetros logo acima do lado direito do seu quadril, ela redobrou os esforços, sugando-o mais fundo e passando a língua sobre ele com mais vigor.

Este homem tinha atravessado o inferno ainda muito jovem e voltado. No entanto, ele sobreviveu sem sucumbir à amargura e ao ressentimento e ao desespero que algumas vezes devem tê-lo seduzido. Em vez disso, era o tipo de homem que ajudava outras pessoas — como profissão e por rotina. E ele era implacavelmente gentil e discretamente engraçado e mais sexy que qualquer homem tinha o direito de ser.

Portanto, ela queria fazer isso por ele. Queria concentrar todos os seus esforços em dar prazer a ele. De vez em quando, ela esvaziava as bochechas e sugava com força enquanto levava a boca por todo o seu comprimento. Assim que alcançava a cabeça, ela parava de chupar de repente e mergulhava a boca ao redor dele mais uma vez, levando-o até o fundo da garganta. Sua respiração irregular e os xingamentos murmurados eram empolgantes.

Ela quase reclamou quando seu suave puxão implorou para ela liberá-lo. Mas estava tão ansiosa para ver aonde eles iam em seguida que não pensou nisso por muito tempo.

Logo, ela estava observando Caden passar os olhos por seu corpo nu. Eles mal se tocavam, mas o momento foi muito erótico. Era mais que apenas sexual — Makenna estava quase certa de que, por dentro da máscara do desejo que ele usava, havia outra emoção: adoração. E ela se sentiu tão segura e tranquila de estar com ele dessa maneira.

Deus, ele parecia tão sexy ajoelhado entre as suas pernas. Caden Grayson era um homem grande em todos os sentidos. Vê-lo diante dela assim...

E aí ele engatinhou para perto. Ela teve a distinta impressão de um predador perseguindo sua presa.

— Deita — ele a encorajou enquanto as mãos subiam até os seus quadris e seu corpo se acomodava entre as coxas dela. Makenna obedeceu e se apoiou nos cotovelos para poder vê-lo.

Então, sem nenhuma pretensão, a cabeça dele caiu na fenda entre as suas pernas. Ele deu um golpe longo e duro da língua nas suas dobras molhadas, grudando os olhos nos dela o tempo todo.

— Ah, Caden! — Ela sentiu a língua descendo até os dedos do pé, que se curvaram.

— Seu gosto é tão bom quanto eu sabia que seria — murmurou ele diretamente nela. Ele baixou o rosto para seus cachos vermelhos e a beijou suavemente, depois separou suas coxas com os ombros e lambeu sua pele mais sensível várias vezes.

As mãos de Makenna agarraram o edredom verde macio embaixo dela. Enfraquecida pelo prazer que ele tão habilmente proporcionava, ela soltou todo o seu peso sobre a cama e se luxuriou com o brincar da língua dele contra ela. Ela pronunciava uma série quase constante de encorajamentos e súplicas, mas não conseguia manter a consciência.

Alguns caras já tinham feito isso com ela, mas nenhum deles parecia tão sensível às pistas do seu corpo quanto Caden. A maneira como ele prestava atenção nela logo o fez usar um ritmo alternado de longas lambidas duras desde sua fenda até seu clitóris e intensas rajadas de golpes e sucções concentrados nele. De vez em quando, as argolas de metal nos lábios dele se arrastavam pelos lábios vaginais. Ela achou essa sensação inesperada surpreendentemente depravada.

Ele estava brincando com seu corpo, comandando o seu prazer, provocando as mesmas notas nela várias vezes. Quando ele acrescentou o polegar a esses esforços, acariciando repetidamente o clitóris enquanto a língua circulava e mergulhava na sua fenda, cada terminação nervosa se concentrou no centro do seu corpo.

— Caden, ai, meu Deus. Ai, meu Deus. — Uma energia branca pura estava fluindo através dela, crescendo, ameaçando parti-la ao meio.

Ele reagiu às palavras esfregando-a com mais força, mais rápido, bebendo dela mais profundamente.

— Eu vou... ah, eu vou...

Ela trocou as palavras por um gemido alto quando uma gloriosa explosão de sensações começou sob a boca talentosa de Caden e ricocheteou através de cada célula do seu corpo. Os músculos se flexionaram e se contraíram numa onda. Ela gemeu quando ele se recusou a recuar um pouco, continuando a estimular sua pele exageradamente sensível de uma forma que prolongou seu orgasmo sem parar.

— Puta merda — ela gritou entre respirações trêmulas.

Quando Caden deu uma fileira de beijos da sua coxa direita até o quadril, ela sentiu o sorriso curvando os lábios dele. Em seguida, ele mordeu o osso do seu quadril de brincadeira. Ela gritou uma risada gutural.

Ela gostava de quem não precisava ser sério durante o sexo, que conseguia sorrir e gargalhar. Era só mais uma coisa que eles tinham em comum.

Mas ela ainda não tinha terminado com ele.

Salvando os dois da conversa constrangedora, Makenna soltou o braço direito na cama e apontou para a mesa de cabeceira.

— Gaveta. Camisinha. Em você. Agora.

— Hummm. Sim, senhora. — Ele se empurrou para ficar em pé e chutou a calça jeans que ainda estava pendurada nos joelhos.

Makenna lambeu os lábios quando ele deu os três passos ao redor da cama e abriu a gaveta. Seu corpo era cheio de músculos retesados e se movia com um poder silencioso. Não havia luz suficiente para distinguir os detalhes dos desenhos, mas dava para ver que mais tinta decorava seu ombro.

Mais tarde, ela planejava explorar cada centímetro de seu corpo incrível. Mas, naquele momento, precisava dele com ela, dentro dela. Precisava de um desfecho para as horas de expectativa entre eles.

Caden jogou o invólucro prateado para o lado e desenrolou o preservativo sobre seu grosso comprimento. Makenna corou, mas não conseguiu desviar os olhos — ela sempre achou essa ação especialmente erótica. Quando ele olhou para ela e sorriu, ela subiu até os travesseiros e estendeu a mão para ele.

Ele engatinhou sobre ela e baixou seu peso. Ela sempre adorou esse sentimento, o peso do corpo de um homem cobrindo o dela, e nunca foi melhor do que quando a alta estrutura musculosa de Caden a envolveu tão completamente, tão carinhosamente.

Envolvendo a cabeça dela com delicadeza nas mãos, ele deu beijos de boca fechada nos seus lábios até que ela colocou a língua para fora e encorajou os lábios dele a se separarem. Ela sentia o próprio sabor nele, outra coisa que sempre a deixava louca, porque era como saborear novamente o prazer que ele tinha dado a ela. Quando Caden gemeu ao redor da sua língua exploradora, ela o beijou mais profundamente e chupou a língua com força até ele se libertar dela e morder brincando seu maxilar como castigo por suas provocações.

Caden passou os dedos sobre os cabelos dela, depois esfregou a maçã do seu rosto com os nós dos dedos.

— Tem certeza?

Ela sorriu e fez que sim com a cabeça.

— Absoluta. E você?

Ele deu uma risadinha.

— Hum... — Ele franziu os lábios e olhou para o teto, fazendo uma cara que ela achou que deveria ser pensativa.

Ela estendeu a mão ao redor dele e bateu no seu traseiro com um pouco de força.

Os olhos dele voltaram para ela. Sua boca se abriu.

Makenna arqueou uma sobrancelha.

— Eu *disse* que ia bater em você.

A risada que ele soltou parecia tão feliz que ela sorriu, embora estivesse tentando parecer irritada.

— E bateu mesmo. Gosto de mulheres que mantêm sua palavra. — Ele a beijou de novo, desta vez suavemente. — Sim, tenho certeza de que te quero, Makenna. Posso te possuir? — Ele contemplou tão intensamente seus olhos que ela quase pensou que ele estava pedindo mais que apenas permissão para possuir seu corpo.

— Pode — sussurrou ela, na intenção de que a resposta servisse para todos os aspectos que podiam significar aquela pergunta.

Apoiado num cotovelo, Caden estendeu a mão para baixo entre eles e acariciou as dobras macias de Makenna com os dedos. Ele queria ter certeza de que ela estava pronta. E estava. Sua reação a ele era arrebatadora. Ele centralizou o pau sobre sua fenda e encontrou seus olhos. E aí se empurrou lentamente para dentro dela.

Ele gemeu com a sensação de estar dentro dela, com a ideia de que talvez, só talvez, ele tivesse encontrado um lugar, uma mulher, aos quais poderia pertencer pelo resto da vida.

As paredes apertadas do espaço mais privado dela o agarraram com ferocidade, cercando-o com um calor quente e uma maciez aveludada. Ele gemeu no fundo da garganta.

— Você é tão gostosa.

Quando a preencheu completamente, ele parou e esperou ambos saborearem a sensação.

Ela agarrou os ombros dele.

— Você também. Meu Deus, eu me sinto...

Ele analisou o seu rosto quando ela parou e viu um rubor florescer por cima do rubor que suas atividades já haviam provocado na sua pele. Agora ele estava intrigado — ele queria muito que ela terminasse essa frase.

— O quê? Como você se sente? — Ele se esforçou para resistir ao instinto de mover os quadris.

Ela balançou a cabeça e flexionou os quadris, fazendo-o entrar mais fundo. Foi incrível, mas ele reconheceu sua tática de distração.

Ele puxou o pau para fora até que só a ponta da cabeça ainda estivesse dentro dela. Tremores sacudiram seus ombros com o esforço necessário para não voltar a se afundar nela.

— Me fala.

Ela rosnou.

— Caden, eu preciso de você. — Ele sorriu com a súplica na sua voz. Ela envolveu as pernas ao redor dos seus quadris e apertou os calcanhares na sua bunda. Mas ele era muito forte para ela conseguir forçá-lo a se mexer. Ela fez beicinho, mas cedeu. — Eu me *senti* incrivelmente completa.

Com o ego inflado, ele não hesitou em recriar a sensação para ela e mergulhou imediatamente de volta no seu calor apertado.

— Assim?

— É, assim mesmo — gemeu ela. — *Meu Deus.*

Ele se lembrou do desejo que tinha de vê-la quando a possuísse e se empurrou para cima sobre os braços. Suas mãos se instalaram em ambos os lados das costelas dela. Ele gemeu de prazer pela visão completa que a posição lhe deu.

Ele se moveu dentro dela, flexionando os quadris repetidamente, conduzindo seu membro rígido pelo aperto escorregadio. Os músculos dela o sugaram enquanto ela mudava de posição. Ele enganchou o braço direito sob a perna esquerda dela para forçá-la a se abrir mais embaixo dele. A mudança lhe permitiu mergulhar ainda mais fundo.

Ele balançou a cabeça para a sensação maravilhosa.

— Tão apertada. Jesus, tão molhada.

Ela apertou os dentes no lábio inferior e gemeu enquanto as repetidas estocadas a embalavam. Seus olhos azuis estavam enevoados de desejo e brilhavam com um maravilhoso afeto por ele.

Caden retribuiu seu olhar intenso. Ele captava todos os seus movimentos, toda a reação dela à união dos dois. Sua mente começou a catalogar informações sobre Makenna que ele esperava desenvolver por um longo período no futuro.

Quando ela estendeu as mãos perambulantes para segurar os próprios seios e passou os dedos sobre os mamilos, ele gemeu em aprovação.

— Assim. Isso parece tão bom.

Ele gostava do fato de ela ter confiança para buscar o prazer durante o sexo. Não era reservada. Não fazia joguinhos. Em vez disso, ela era real e completamente sincera na busca pelo prazer deles. Sua honestidade a tornava ainda mais sexy para ele.

Quando os olhos de Makenna desceram até o ponto onde eles estavam unidos, os olhos dele seguiram.

— Porra — ele murmurou enquanto observava seu pau molhado deslizar para dentro e para fora dela.

— Nós ficamos... bem... juntos — ofegou ela suavemente.

— Nós ficamos muito bem juntos, porra — ele disse. E voltou a olhar para o rosto dela. — Caralho, você é tão linda.

Ela sorriu, chamando Caden para beijá-la. Ele soltou a perna dela e se abaixou de volta sobre os cotovelos, colocando as mãos embaixo dos ombros dela para se alavancar. Ele reivindicou sua boca até que a necessidade de eles respirarem tornou muito difícil continuar.

O quarto se encheu com os sons deles fazendo amor. O farfalhar de corpos se movendo em conjunto. As respirações ofegantes e os gemidos ardentes. Cada um dos sons reverberava diretamente no pau dele e o fazia desejá-la ainda mais.

Curtindo a proximidade dos corpos, Caden se arqueou possessivamente sobre ela e a penetrou várias vezes seguidas. Ele roçava o osso pélvico no clitóris dela a cada estocada. O som do gemido dela quando ele atingia o ponto era a melhor recompensa.

— Doce Caden — ela sussurrou enquanto dava alguns beijos de boca aberta na rosa amarela. Ele baixou a cabeça e beijou a testa dela com reverência.

Quando ela envolveu as pernas ao redor dele, o aumento da profundidade apertou tudo na virilha dele.

— Porra — disse ele engolindo em seco —, eu quero que você... goze outra vez. Pode fazer isso por mim? — ele ofegou.

— Quase lá — disse ela.

— Toca em você. Goza comigo.

Ela gemeu e estendeu a mão direita para baixo. Sua mão percorreu a umidade que ele estava provocando nela. Ela separou seus dedos num V e os deslizou ao redor dele enquanto ele entrava e saía dela.

— Ah, Jesus. — A nova sensação o levou para mais perto do fim. — *Ruiva* — advertiu ele, sua voz bruta e rouca.

Os dedos dela se moveram, depois rodearam o clitóris. Ele se ergueu um pouco e olhou para baixo. Mas teve que desviar o olhar para que a visão incrível dela se tocando não o fizesse gozar antes de ela estar pronta.

— Só sinta. Me sinta te preenchendo. Sinta seus dedos.

Um gemido suplicante surgiu da garganta dela.

— Continue falando, Caden.

Ele gemeu. A tensão de conter o orgasmo o incendiava. E aí ele deixou escapar o sentimento que mais o deixava louco naquele momento.

— Você é tão apertada, e isso é tão bom, porra. Tudo em você...

Ele a sentiu se apertar ao redor do seu pênis e gemeu. *Só um pouco mais. Empurre-a um pouco mais.*

— Goza — rosnou ele com os dentes cerrados —, goza em mim.

A mão nas costas dele se fechou. Suas unhas curtas espetaram quando se afundaram na sua pele.

— Mak...

— Gozando! Ai, meu Deus!

— Isso, porra. — O orgasmo rugiu através dela. Suas paredes internas o inundaram implacavelmente. Era tudo o que ele queria. — Ai, Jesus. — Ele a penetrou uma vez, duas, três vezes. Seu jorro irrompeu nas profundezas ainda apertadas dela. Os músculos dele se contraíram quando o orgasmo mais intenso da sua vida o atingiu. Ele se acalmou, totalmente dentro dela, e estremeceu contra ela enquanto o pau continuava a se contrair. — Makenna — ele sussurrou enquanto ofegava nos seus cabelos cacheados macios. Ele deu beijos na pele úmida da sua testa, depois permitiu que a cabeça caísse na curva do seu pescoço quando saiu delicadamente de dentro dela.

Longos momentos felizes de confortável silêncio se passaram. Estar com ela tinha sido incrível, mas a maneira tranquila como se sentia com ela era o que mais o fazia ter esperança de que pudesse ficar hoje à noite, e amanhã, e o mês todo...

Paz não era uma emoção com a qual ele estava familiarizado, mas com Makenna ele sentia. E não sabia como algum dia poderia abrir mão disso.

9

Makenna estava sem palavras. Ela já sabia no início da noite que Caden seria um amante atencioso, mas não estava preparada para como ele antecipava suas necessidades, às vezes antes de ela mesma percebê-las, e como ele se certificava de que cada uma delas era satisfeita. Era uma coisa inebriante ser o centro dos esforços e da atenção de outra pessoa. Ela se sentia tonta.

E ele era tão bom dentro dela. Era o homem mais bem dotado com quem ela já estivera, e *puta merda!* o prazer que ela obteve só com a sensação de plenitude já faria o sexo ser ótimo. Mas a maneira como ele movia o corpo, o modo como rolava os quadris, o jeito como as mãos a possuíam, os beijos involuntários e doces que dava nela toda — com ele, tudo parecia relaxado, natural, e foi por isso que ela conseguiu ter outro orgasmo. Nunca tinha conseguido gozar de novo tão rápido depois de um orgasmo. Mas Caden arrancou isso dela com seu corpo, suas palavras, a necessidade profunda na sua voz para ela se juntar a ele quando ele cedeu.

Acima de tudo, ele a fez se sentir desejável, linda, sexy. Esses sentimentos permitiram que ela fosse completamente livre com ele.

Ela passou a ponta dos dedos com leveza nas suas costas onde ele tinha caído em cima dela. Ela se contorceu um pouco e virou a cabeça para beijar sua bochecha com a barba malfeita.

Ele se afastou do pescoço dela e sorriu, depois deu uma série de beijos suaves e com adoração nos lábios dela.

— Tá tudo bem?

Ela sorriu.

— Tudo muito bem.

O sorriso dele se abriu.

— Que bom.

Ela deu um beijinho rápido nele.

— Quer beber alguma coisa? — perguntou ela. — Preciso levantar pra ir ao banheiro, mesmo.

— É, parece uma boa ideia. — Ele rolou para o lado dela e passou a ponta dos dedos do seu pescoço até o umbigo. Ela se contorceu, com cada parte do corpo agora completamente sensibilizada pelo imenso prazer que ele lhe dera.

Makenna saiu da cama e olhou para ele. Ele nem tentou fingir que não estava observando sua nudez andando pelo quarto. Ela sorriu, sabendo muito bem que faria o mesmo com ele.

— Você pode usar o banheiro daí, se quiser, vou usar o daqui de fora.

Ele se apoiou num cotovelo e lhe deu uma olhada de cima a baixo.

— Tudo bem.

Ela balançou a cabeça e saiu do quarto rindo.

Depois de se refrescar no banheiro do corredor, Makenna foi até a cozinha e sorriu para o quase jantar que eles tinham feito. Ela rapidamente devolveu todos os ingredientes para a geladeira, decidindo que pensaria se tudo devia ser descartado quando ela tivesse mais energia cerebral pela manhã. Em seguida, acomodou todos os pratos sujos na pia.

Ela pegou as roupas que eles tinham espalhado e as empilhou na bancada. Sorrindo, pegou a camisa preta de Caden e a colocou sobre a cabeça. Era grande demais para ela, mas ficou ótima. Ela riu como uma adolescente ao pensar na reação dele.

Ela colocou uma pequena bandeja na bancada e a encheu com duas garrafas de água, um suco de laranja para ela e uma lata de Coca-Cola gelada para ele, além de um grande punhado de uvas verdes geladas. Carregou tudo até o quarto e viu que ele tinha acendido o abajur na mesa de cabeceira. Ele tinha vestido a cueca e a calça jeans e estava sentado apoiado na cabeceira da cama, as pernas compridas esticadas diante de si.

— Bela camisa. — Ele sorriu para ela, mas seus olhos arderam.

— Também achei. — Ela piscou para ele enquanto colocava a bandeja entre os dois e subia na cama. — Fique à vontade.

Caden pegou uma garrafa de água da bandeja e bebeu metade dela num grande gole. A visão do seu pomo de Adão subindo e descendo na garganta fez com que ela se contorcesse um pouco. Ela balançou a cabeça para si mesma enquanto pegava o copo de suco e tomava um gole consideravelmente menor.

Caden fechou a garrafa e se ajeitou, depois partiu um caule de uvas. Ele jogou duas na boca e fechou os olhos enquanto mastigava.

Makenna estendeu a mão e arrancou um punhado do caule. A suculência doce explodiu na sua boca quando ela mastigou.

— Hummm. Bom — murmurou ela.

Ele colocou mais duas na boca e sorriu.

— Muito.

Um flash de luz vermelha atrás de Caden chamou sua atenção.

— Uau — disse ela. — Uma e meia. Eu não fazia ideia. — Ela engoliu o resto do suco de laranja.

Caden olhou por cima do ombro.

— Ah, é. — Ele comeu outra uva e olhou para as duas que estava rolando na mão. Seu maxilar se apertou, da mesma forma que no elevador, quando ela o viu pela primeira vez.

Makenna franziu a testa.

— Olá? — Ele voltou a olhar para ela. — O que acabou de acontecer?

As sobrancelhas dele franziram.

— Eu... nada. Mesmo. — Ele sorriu, mas não era o sorriso *dela*.

De novo não.

Ela arqueou uma sobrancelha para ele, tentando imaginar o que estava errado.

— Acho que é mentira.

Ele riu e passou a mão na cicatriz, depois suspirou.

— Está tarde.

Ela pensou só por um segundo, depois resolveu que valia a pena se arriscar. Empurrando a bandeja do caminho, ela se arrastou até estar ajoelhada diante dele. Colocou a mão direita em volta do pescoço dele e a mão esquerda na nuca, depois o puxou suavemente até que o lado de sua cabeça marcado pela cicatriz estivesse de frente para ela. Deliberadamente, ela foi até ele e deu beijos reverentes desde a sua têmpora, ao longo da cicatriz em cima da orelha, até o fim, na linha de cabelo no pescoço. Ela se sentou sobre os calcanhares e virou o rosto para poder ver seus olhos, agora flamejantes.

Respirando fundo, ela perguntou:

— Você tem outro lugar pra estar?

Ele balançou a cabeça.

— Porque eu gostaria que você ficasse, se quiser. Não havia nenhum significado oculto quando eu falei da hora. Só fiquei surpresa, pra sua informação.

Ele riu e fez que sim com a cabeça.

— Sim. Eu quero ficar.

Ela soltou um suspiro profundo enquanto o alívio e a alegria a inundavam.

— Que bom. E Caden?

— Sim? — Ele deu um sorriso torto.

— Só pra não haver mais estranhezas ou incertezas... eu gosto de você. — O calor de um rubor floresceu nas bochechas dela.

O sorriso que ela amava iluminou o rosto dele e enrugou seus olhos.

— Eu também gosto de você.

Por dentro, ela estava pulando sem parar e gritando: "Ele também gosta de mim, ele também gosta de mim!" Por fora, estendeu a mão para trás e pegou algumas uvas.

— Abre — disse ela.

As covinhas se aprofundaram no rosto dele enquanto o sorriso se abria. Ele abriu a boca. Ela colocou uma uva na boca dele e duas na dela, tentando suprimir um sorriso enquanto mastigava.

E aí ela pensou por um instante. Queria saber mais sobre ele — queria saber tudo. Ela se recostou e olhou para ele, finalmente passando o dedo no contorno da tatuagem da rosa amarela.

— Me conta sobre essa?

Depois que Makenna saiu para pegar alguma coisa para eles beberem, Caden se limpou e se vestiu, sem saber o que esperar ou se devia esperar alguma coisa. Ele sabia o que queria. Ele queria passar a noite com ela. Queria adormecer a abraçando. Nem uma vez, nos últimos catorze anos, ele tinha se sentido tão confortável com outra mulher, tão aceito. E eles ficavam bem pra cacete juntos. Durante a noite toda, tudo foi tão natural com ela. Agora que encontrou isso, que *a* encontrou, queria tudo que ela poderia lhe dar.

E aí ela voltou vestindo sua camisa. O preto destacou o contraste com a porcelana pálida das suas pernas e o tom de fogo dos cachos soltos. De alguma forma, seu corpo tinha encontrado uma última reserva de energia, porque a visão dela usando as roupas dele fez seu pau voltar à vida. Se ele tivesse a chance, daria a ela sua camiseta de beisebol da Station Seven com o próprio nome gravado na parte de trás.

Ele estava saboreando a imagem dela usando uma camisa que a marcaria como dele quando ela falou da hora. O ar deixou seus pulmões. *Meu tempo acabou*, foi tudo o que ele conseguiu pensar. Suas entranhas se contraíram com uma decepção irracional.

Ela percebeu e o chamou para a realidade — como tinha feito a noite toda. E ele... a amava por isso. *É, eu nem vou fingir que é outra coisa.* Porque, naquele momento, quando ela o beijou — *beijou sua cicatriz* — e disse que gostava dele e o puxou de volta da beira de uma espiral descendente, ele achou que poderia estar apaixonado por Makenna James.

O dedo dela rastreou o desenho da rosa. Ele contou a ela a história simples.

— Minha mãe tinha um jardim de rosas. As amarelas eram suas preferidas. — Ele pegou a mão dela e a levou até seus lábios.

Makenna puxou a mão livre e apontou para a cruz vermelha no seu bíceps superior.

— E esta?

— É o distintivo do meu posto de bombeiros.

Ela arranhou o seu lado esquerdo. Ele estremeceu e deu um tapa na mão dela, fazendo-a rir.

— E esta? — ela perguntou enquanto o empurrava para se sentar para a frente e ela poder traçar a grande tribal abstrata nas suas costas.

Alguma coisa em sua intensa exploração das tatuagens parecia incrivelmente íntima para Caden, mas ele só deu de ombros.

— Nenhuma história por trás dessa, na verdade. Eu simplesmente gostei. E demorou muito para fazer.

Ela se arrastou para se ajoelhar atrás dele. Seus joelhos se instalaram na lateral externa dos quadris dele, e seu calor irradiou nas costas dele.

Caden respirou fundo e estremeceu quando ela deu quatro beijos nas grandes letras em inglês antigo no seu ombro direito — a tatuagem do nome de Sean. Tinha sido sua primeira tatuagem — ele mentiu sobre a idade e usou uma identificação falsa para fazê-la no dia em que Sean teria completado quinze anos. Seu peito parecia cheio e apertado ao mesmo tempo, mas, acima de tudo, ele admirava e apreciava o modo como Makenna encarava os problemas dele de frente — beijando a cicatriz, consolando-o sobre a perda da família, fazendo-o se sentir tão aceito ao tentar entender por que ele tinha feito tantas tatuagens.

Ele antecipou seus dedos antes que caíssem nas letras no ombro esquerdo.

— O que isso significa? — Ela rastreou os quatro caracteres chineses tradicionais que ele havia feito no quinto aniversário do acidente.

— Diz "nunca se esqueça".

Ela massageou os músculos do seu ombro, e ele gemeu e inclinou a cabeça para a frente. Suas mãos eram surpreendentemente fortes, mesmo sendo tão pequenas. Depois de um tempo, seus polegares fizeram círculos profundos nos dois lados da coluna vertebral dele até chegarem na parte de trás da calça jeans.

Quando ela envolveu os braços nele e o abraçou, apoiando a bochecha no seu ombro, ele se afundou no abraço. Foi um momento de paz incomum para ele. Caden se sentiu tão cuidado. Eles ficaram sentados assim por vários longos e confortáveis minutos.

— Tem mais alguma? — ela finalmente perguntou.

Ele passou os braços sobre os dela.

— Outra tribal na panturrilha. Quer ver?

Ela fez que sim com a cabeça no seu ombro, depois deixou cair os braços enquanto ele se inclinava para a frente e puxava a perna da calça jeans até onde conseguia. As linhas pretas se curvavam para cima e para baixo do lado de fora da perna, como penas ou lâminas.

— Dói? — perguntou ela voltando a massagear suas costas.

— Às vezes. Alguns lugares mais do que outros.

— É por isso que você as faz?

Ele girou para a direita e deixou cair as pernas no chão, a parte superior do corpo virando ainda mais para poder ver o rosto dela.

Apesar de se surpreender com o movimento brusco, ela se inclinou para beijá-lo.

— Caden, eu gosto das suas tatuagens. Quero dizer... — ela fez uma pausa e corou lindamente — eu *realmente* gosto delas. Só que...

— Só que o quê?

108 Laura Kaye

— Elas doem. E você disse que fez essa — ela acariciou seu lado esquerdo — porque demorou muito para fazer. E o dragão foi parte de provar a si mesmo que você tinha vencido o medo.

Ele fez que sim com a cabeça, estudando seu rosto com atenção. Ela estava escolhendo as palavras com cuidado. Ele quase podia ver seus pensamentos percorrendo seu rosto, um rosto que ele estava aprendendo a interpretar cada vez melhor. Um rosto que ele achava tão adorável.

— Eu acho... — Ela deixou as mãos caírem no colo outra vez e piscou seus olhos azuis para ele. — Bem, é como se elas fossem sua armadura.

O maxilar de Caden despencou. Ele não sabia o que dizer, porque nunca, jamais tinha pensado nas tatuagens desse jeito. Em vez disso, pensava nelas como uma maneira de se lembrar, pensava nelas como uma forma de penitência, e não se importava, depois de certo ponto, que elas pudessem afastar as pessoas. Mas nunca pensou nelas especificamente como uma proteção. Mas ela estava certa. Elas permitiam que ele controlasse a dor que sentia — tanto física quanto emocional —, algo que lhe fora arrancado naquela noite de verão tantos anos atrás.

Sua observação estava tão em sintonia com quem ele era e o que lhe aconteceu que ele se sentiu pronto para abrir mão de um pouco desse controle, para dar *a ela* um pouco dele.

Ele pulou em cima dela e a jogou na cabeceira da cama com a força do beijo. E engoliu o suspiro surpreso dela enquanto empurrava a língua para dentro da sua boca, agora saboreando a doçura das uvas e laranjas.

Quando Caden recuou, ela estava rindo e sorrindo. Seus olhos examinaram o rosto dele.

— Esses também são sexys pra caramba — ela disse, mexendo nos piercings em seu lábio e testa.

Ele jogou a cabeça para trás e riu. Seu timing foi perfeito. Ela tinha a habilidade de injetar humor em conversas sérias quando era necessário. Sua risadinha o aquecia. Ele se inclinou para a frente e a beijou, raspando o lábio inferior no dela para se certificar de que ela sentia suas picadas de aranha. Makenna ganiu, e ele sorriu. Depois de alguns instantes, ele se instalou de novo no peito dela.

Minutos se passaram com Caden deitado de lado no abdome de Makenna enquanto ela acariciava as suas costas e ele brincava com os fios de cabelo dela.

— Você tem o cabelo mais bonito que eu já vi, Ruiva. E tem um cheiro fenomenal, porra.

— Eu sabia! Eu sabia que você tinha cheirado o meu cabelo.

Ele inclinou a cabeça para olhar para ela, rindo de um jeito desconfortável.

Mas o sorriso radiante no rosto dela estava satisfeito.

— Não se preocupe — disse ela quando viu sua expressão envergonhada. — Eu também te cheirei. Adoro sua loção pós-barba.

Ele acenou com a cabeça e voltou a apoiar a cabeça nela.

— É bom saber — ele disse por trás de um sorriso.

Mais minutos confortáveis se passaram, e ela suspirou.

— Ainda te devo uma omelete.

Ele deu uma risadinha.

— É, nós meio que pulamos essa parte, não foi?

A voz dela soou como um sorriso.

— Pois é. Mas eu não me importei. — Ela beijou o topo da sua cabeça.

— Nem eu. E, de qualquer forma, eu ainda te devo uma pizza.

— Aah, sim. — Ela se contorceu embaixo dele como se estivesse dançando. — E um filme também.

— E um filme também. — Caden sorriu no ponto onde se apoiava nela. Makenna estava fazendo planos com ele, planos para o futuro. Ele estava empolgado pra cacete.

Eles ficaram deitados juntos por mais alguns minutos, depois Makenna bocejou.

— Vamos ficar à vontade — disse ela.

Caden saiu da cama e estendeu a mão para ajudar Makenna. Ele pegou a bandeja.

— Vou levar isso pra cozinha.

— Obrigada — ela disse enquanto tirava as cobertas.

Quando ele voltou, Makenna estava deitada embaixo do edredom no lado onde eles estavam sentados. Ele veio pelo outro lado e tirou a calça jeans antes de entrar embaixo das cobertas com ela.

— Meu Deus. — Ele deu uma risadinha. — Isso é bom.

Ela apagou o abajur e rolou em direção a ele. Caden levantou o braço para ela poder se encaixar na lateral do seu corpo. Apesar da novidade de estar com uma mulher como essa, tudo parecia natural para ele. E isso o fez apreciar ainda mais a situação. *Apreciá-la* ainda mais.

Eu poderia me acostumar com isso, ele pensou, enquanto Makenna se encaixava ao seu lado e deslizava o joelho para cima da coxa dele. Caden estava cansado até os ossos, mas, acima de tudo, mais feliz do que jamais imaginou ser possível para ele.

Assim que seus olhos começaram a se fechar, ela deu um beijo na sua clavícula e apertou o braço no seu peito.

— Eu amo... aquele elevador — disse ela.

Com um sorriso sonolento e o coração pleno, ele virou a cabeça e a beijou nos cabelos macios.

— Ah, Ruiva. Eu também amo aquele elevador.

Agradecimentos

Como meu primeiro livro publicado, *Amor na escuridão* sempre será especial para mim, e tenho muitas pessoas a agradecer por apoiarem esta história e me ajudarem a tornar reais os meus sonhos de ser escritora. O primeiro agradecimento vai para Eilidh Mackenzie, minha editora na The Wild Rose Press, que originalmente publicou o livro, por acreditar numa história que se passa quase toda no escuro.

Também quero agradecer a Tricia "Pickyme" Schmitt, a artista de capa das versões original e revisada deste livro. Conheci Trish na conferência da RWA em Orlando em julho de 2010 e mencionei de improviso que eu *não tinha ideia* do tipo de capa que teria uma história que acontecia quase toda no escuro. Ela ficou imediatamente entusiasmada e me encorajou a pedir que ela fizesse isso. Melhor encontro aleatório da minha vida! Nossas carreiras se desenvolveram lado a lado, e nós brincamos o tempo todo que ela me deu um grande impulso com essa deliciosa capa (e isso é muito verdadeiro!).

Principalmente, quero agradecer aos leitores e blogueiros que se apaixonaram pela Ruiva e pelo Bom Sam e falaram sobre eles em blogs, no Facebook, no Twitter e com amigos. O modo como vocês abraçaram este livro foi um dos pontos altos da minha jornada de escritora até agora, e eu quero que vocês saibam o quanto isso significa para mim. Vocês são o máximo!

~LK

Impresso no Brasil pelo Sistema Cameron da Divisão Gráfica da
DISTRIBUIDORA RECORD DE SERVIÇOS DE IMPRENSA S.A.